다시 쓰는
내 인생의
페이지

다시 쓰는 내 인생의 페이지

4050 인생 후반전을 준비하는 열 가지 이야기

초 판 1쇄 2025년 05월 08일

지은이 권경애, 권미숙, 김성숙, 김주하, 박찬홍, 백오규, 안은희, 유윤희, 이경숙, 이성애
펴낸이 류종렬

펴낸곳 미다스북스
본부장 임종익
편집장 이다경, 김가영
디자인 윤가희, 임인영
책임진행 김요섭, 이예나, 안채원, 김은진, 장민주

등록 2001년 3월 21일 제2001-000040호
주소 서울시 마포구 양화로 133 서교타워 711호
전화 02) 322-7802~3
팩스 02) 6007-1845
블로그 http://blog.naver.com/midasbooks
전자주소 midasbooks@hanmail.net
페이스북 https://www.facebook.com/midasbooks425
인스타그램 https://www.instagram.com/midasbooks

ISBN 979-11-7355-224-3 03810

값 19,000원

미다스북스는 다음세대에게 필요한 지혜와 교양을 생각합니다.

다시 쓰는
내 인생의
페이지

4050 인생
후반전을 준비하는
열 가지 이야기

권경애 권미숙 김성숙 김주하 박찬홍 백오규 안은희 유윤희 이경숙 이성애

미다스북스

저자 소개

권경애

20년 솥뚜껑 운전만 했습니다. 글을 쓰면서 나를 돌아볼 수 있었고, 공부를 시작하면서 나도 뭐든 할 수 있다는 것을 알게 되었습니다. 코칭의 매력을 알게 되어 ㈜한국코치협회 KPC 전문코치가 되었습니다. 진로 코치로서 내면의 보석을 찾아 마음의 씨를 심는 코치로서, 청소년을 만나는 강사로서 제2의 삶을 그려가고 있습니다.

공저　『미래 그리고 질문』
블로그　blog.naver.com/ruddo2104

권미숙

날마다 채색옷만 입고 살 줄 알았습니다. 이제야 인생의 목적이 '행복'이 아니라 '거룩'임을 깨닫고 삶을 해석할 줄도 알게 되었습니다. 현재 '우리들 교회' 소그룹 리더로 우리 부부가 겪었던 고난을 약재료 삼아 함께 '웃고 울며' 나누며 가고 있습니다.

브런치 스토리　by 권미숙
블로그　blog.naver.com/meloki0410

다시 쓰는 내 인생의 페이지

김성숙

사람들이 사는 고시원만 24년째 중개하고 있습니다. 고시원 전문 중개 우먼파워공인
중개사사무소 대표. 부동산 권리 분석사. ㈔한국코치협회 KAC 인증코치. 어려운 일
을 해결했을 때 최고의 보람을 느낍니다.

저서 『나는 고시원으로 10억 벌었다』
유튜브 한국 고시원 연구소
인스타그램 gosiwonpro
블로그 blog.naver.com/wpower7

김주하

워킹맘으로서 20년간 공공기관에서 근무했지만, 한계를 느끼고 안정된 직장을 떠났습
니다. 감정에 솔직해지고, 나답게 살고 싶었습니다. 40대를 지나 50대에 글을 쓰며 새
로운 여정을 시작했습니다. 앞날은 알 수 없지만, 모든 것은 내 마음먹기에 달려 있다고
믿습니다. 직장인의 삶과는 전혀 다른, 나만의 시즌 2를 기대하며 나아가려고 합니다.

블로그 blog.naver.com/happy36524

박찬흥

희망과 행복을 전파하는 화가이자 캘리그래퍼이며, 실버 미술치료사입니다. 30년간
H 그룹에서 인사 및 혁신 업무를 수행한 HR 전문가로, 글로벌 골프회사 HR 부사장
과 IT 회사 경영지원실 상무를 역임했습니다. 현재는 인재 양성 멘토 & 코치이자 리
더십 강사로 활동하고 있습니다.

블로그 blog.naver.com/hrmceo

백오규

30여 년 공기업에서 근무 후 은퇴하고 손해평가사 일을 시작했습니다. 우연히 찾아온 공저의 기회가 잠들어 있던 글쓰기에 대한 열정을 깨우는 계기가 되었습니다. 진인사대천명(盡人事待天命), 최선을 다한 나 자신을 제대로 평가해 보고 싶은 마음이 작가의 길에 과감히 첫발을 내딛게 된 힘의 원천입니다.

블로그 blog.naver.com/okbaek1981

안은희

36년 차 우정사업본부 공무원으로, 현재는 서울중랑우체국장으로 있습니다. 글쓰기에 취미가 있어 매일 읽고 씁니다. 오랜 직장 생활에서 얻은 경험과 통찰이 후배들에게 작은 도움이 되길 바라며, 현재 개인 저서를 집필 중입니다.

저서 『중년, 그렇게 신경 쓸 일인가?』 『다양한 동물 Coloring Book』 외 1권
블로그 blog.naver.com/aehh0425(글빛은빛 안은희)

유윤희

금융 회사 IT 출신 24년 차 직장인. 책을 좋아해서 독서에 주력하다가, 작가로 이름이 실린 책을 남기고 싶어 공저에 참여했습니다. 독자에게 보이기 부족하지만, 열심히 살면서 느낀 소소한 기쁨들을 공감받고, 위로받고 싶습니다.

이경숙

작가 겸 '글마루 북 컨설팅' 대표. 자이언트 인증 라이팅 코치이며 ㈔한국코치협회 KPC 전문코치입니다. 은퇴 후 글쓰기 · 책쓰기 코치와 외국인을 대상으로 하는 한국어 강사로 활동 중입니다. 두 번째 개인 저서 집필 중입니다.

저서 『사교육 없이도 잘만 큽니다』
공저 『나는 힘들 때마다 글을 씁니다』 외 7권
블로그 blog.naver.com/yiks61

이성애

자이언트 인증 라이팅 코치, 작가 겸 ㈔한국코치협회 KAC 인증코치, 실버융합 강사로 '내 안의 보물찾기(사진으로 글쓰기)'를 운영합니다. ㈜ SA 산업개발 대표. '책 읽어주는 햄미'로 초 · 중등 아이들과 독서 모임 운영 중입니다.

저서 『내 안의 나비』 『이성애 실버 타악 퍼포먼스』 『사임 Five Book 클럽』
공저 『문장을 수집하는 시간』 외 10권
카페 cafe.naver.com/purplexdrva
블로그 blog.naver.com/sammak54

들어가는 글

성공적인 인생 2막을
준비하는 분들에게 다가가며

백 오 규

책상 위에 놓인 달력이 가리키는 날짜는 분명 봄이 왔음을 알려주지만, 아직 겨울의 흔적이 남아 쌀쌀한 느낌을 지울 수 없습니다. 봄의 길목에서 어김없이 찾아오는 손님, 꽃샘추위입니다. 봄을 향한 성급한 마음을 잠시 내려놓고, 여유를 가지라는 자연의 깊은 뜻처럼 느껴집니다. 해마다 이때쯤이면 새롭게 다짐하고 뭔가를 시작하거나, 잊어버린 것은 없는지 주위를 돌아보며 마음가짐을 단속하는 분이 많을 것입니다. 예부터 이때를 만물이 생동하는 시기라고 했는데, 이 말은 자연에만 적용되는 것은 아닌가 봅니다.

여기 2025년 봄을 의욕적으로 맞이하는 열 명의 작가가 모였습니다. 그중 다수는 작가 타이틀을 달기에 아직은 어색합니다만, 여러 편의 책을 낸 훌륭한 작가도 있습니다. 그러나 모두가 품고 있는 한 가지 마음은 같습니

다시 쓰는 내 인생의 페이지

다. 글로써 새로운 봄을 뜻깊게 맞이하며, 다가올 날들을 의미 있게 그려보겠다는 다짐 말입니다. 또 하나, 나이는 그저 숫자에 불과할 뿐, 시간의 흐름에 굴하지 않겠다는 굳건한 의지입니다.

반복되는 계절과 흐르는 세월 속에서, 문득 돌아보니 어느새 40~50대의 중년이 되었다고 느끼는 분들이 많을 것입니다. 과거를 돌아보는 성찰의 순간도 있지만, 앞으로 펼쳐질 날들에 대한 고민이 더욱 깊어지는 시기이기도 합니다. 그래서 나아갈 방향을 알려줄 이정표가 간절할 것입니다.

여기 모인 작가들이 그분들에게 다가가 작은 위안과 한 줄기 긍정의 메시지를 전달하고자 합니다. 당연한 말이지만, 각자 저마다 다른 성장 스토리를 지니고 있으며, 각기 다양한 모습으로 현재를 살고 있습니다. 또한, 각자의 방식으로 다채로운 미래를 그려나갑니다. 그렇게 살며 마주하는 평온한 일상뿐만 아니라 고민과 결단, 꿈과 도전에 관한 이야기를 펼칩니다. 40대부터 70대에 걸쳐서 보여주는 다양한 이야기는 폭넓은 스펙트럼을 형성합니다. 왕성하게 활동하던 시기의 열정이 있는가 하면, 한발 물러난 시점에서 새롭게 설계하는 인생 계획도 담겨 있습니다. 그런 면에서, 과거와 미래가 복잡하게 교차하는 40~50대를 맞은 분들에게는 이 책이 전하는 메시지가 더 친근하게 다가올 것입니다.

여기 실린 글의 바탕에는 '세월' 또는 '시간'이 자리합니다. 커리어의 정점을 달리거나, 또 다른 목표를 향해 질주하고 있을 중년들에게는 이들 단어가 각별한 의미로 느껴질 것입니다. 쌓였던 연륜만큼이나 기억하고 싶은 사연도 많고, 전하고 싶은 이야기 또한 끝이 없을 것입니다. 내면의 소중한 기억과 생각을 담아내거나 전달하는 데에는 글쓰기만큼 적합한 도구가 없습니다.

나의 일상을 글로 남기고 싶다. 소중한 하루하루를 글로 남기지 않아 잊어버린다면 아쉬울 것이다.

— 본문 중에서

이렇게 표현한 작가의 말이 글쓰기를 통해 오늘의 기억을 그냥 흘려보내지 않으려는 심정을 잘 담아냅니다. 가는 세월에 대한 아쉬움은 이미 수많은 시인과 문인들이 노래해 온 주제이기에, 새삼 반복하는 것이 진부할지도 모릅니다. 하지만 누구에게나 흘러가는 시간은 아쉽고 애틋하기에, 붙들어 두고 싶은 마음은 같을 것입니다.

그럼에도 작가들이 쓴 글은 지난 세월에 대한 아쉬움에만 머물지 않습니다. 떠오르는 기억 속에서 오늘의 의미를 되새기고, 나아가 내일을 설계하는 긴 여정을 담고 있습니다. 글쓰기에 대한 남다른 열정을 지닌 작가들이 모였고, 전하고 싶은 이야기들이 넘쳐나기에, 결코 우연히 쓰인 게 아닙니다. 글을 통해 공감의 장을 펼치고자 하는 뜨거운 마음이 여기로 이끌었습니다.

다시 쓰는 내 인생의 페이지

1장에서는 '인생 2막을 맞이하다'란 주제로 각자의 생각을 풀어냈습니다. 오늘을 맞이함에 과거의 기억이 빠질 수 없습니다. 기억이란 정도에 따라 희미한 것도 있고 어제 일처럼 선명한 것도 있습니다. 단순히 시간이 흐른다고 해서 모두 흐려지지는 않습니다. 그렇게 뒤엉킨 기억의 실타래 속에서, 작가들은 내면의 기억 한 가닥을 조심스레 꺼내어 펼칩니다. 또한 기억을 되새기는 과정에서 얻은 깨달음을 더 나은 삶을 향한 밑거름으로 삼고 있습니다. 글을 읽으며 공감하고 자신을 돌아보는 분이 있다면, 이 장에서 전하려는 뜻이 충분히 전달되었다고 할 수 있을 것입니다.

2장에서 다루는 주제는 '인생 2막을 찾아가다', 즉 오늘을 찾아오기까지 수놓았던 선택에 관한 이야기입니다. 선택은 누구나 피해 갈 수 없는 과정입니다. 하루에도 몇 번씩 해야 하는 일인데, 지나온 날을 돌아보면 거쳐 왔던 선택이 얼마나 많았는지 가늠조차 하기 어렵습니다. 마주했던 수많은 갈림길에서 작가들이 고민했던 순간과 그 선택의 과정을 이 장에서 풀어냅니다. 과감하고 도전적인 선택을 이야기하는가 하면, 이루지 못한 꿈에 대한 아쉬움을 토로하기도 합니다. 일상에서 마주하는 선택부터 인생의 전환점이 된 중대한 결정까지 다양한 이야기가 펼쳐집니다. 많은 작가가 선택의 중요한 기준으로 가족을 언급합니다. 가족이 곧 우리 삶의 중심이라는 당연한 의미가 아닐까요?

들어가는 글

3장의 주제는 '인생 2막을 살아가다'입니다. 각기 다른 배경만큼이나 삶의 모습도 다양합니다. 누군가는 봉사활동으로 보람을 찾고 누군가는 자기 계발에 힘쓰며, 또 누군가는 미래를 설계하며 살아가는 이야기를 합니다. 오랜 세월 몸담았던 직장을 과감히 떠나는 결단의 순간도 보입니다. 연륜에 안주하지 않고 변화에 맞서려는 의지가 곳곳에 스며 있습니다. 급변하는 세태에 한발 앞서 나가려 노력하는 모습도 보입니다. 이렇게 주위에서 접하는 일상의 순간들이 평범하지만, 진심을 담았기에 잔잔한 울림도 전달할 것이라 기대합니다.

마지막 4장에서 풀어내는 이야기는 '인생 2막을 설계하다'입니다. 사람은 누구나 미래를 궁금해합니다. 호기심, 불안, 불확실성 같은 것 때문이겠지요. 그래서 우리는 보다 안정된 내일을 맞이하기 위해 미리 준비하고 설계합니다. 작가들도 각자의 방식으로 미래를 그려갑니다. 퇴직 후 새로 시작하는 인생을 설계하는 이가 있는가 하면, 하던 일에다 전문성을 더해 경쟁력을 높이려는 이도 있습니다. 또 어떤 이는 자녀의 성장 속에서 자신의 미래를 담담히 그려나갑니다. 많은 작가가 미래를 향한 한 걸음으로 '글쓰기'를 들고 있습니다. 그들의 다짐을 보면, 글쓰기가 단순한 취미를 넘어 삶의 일부가 될 것이라는 생각을 갖게 합니다. 그리고 그 여정 속에서, 뛰어난 작가가 탄생할 것이라는 기대도 품게 됩니다.

이 글에 담긴 작가들의 메시지가 40~50대를 맞이한 분들의 마음에 온전히 닿기를 바랍니다. 그래서 준비된 중년을 향해 걸어가는 길목에서, 작지만 의미 있는 디딤돌이 되었으면 합니다.

2025년 봄

차 례

4장 ♦ 인생 2막을 설계하다
찬란한 화룡점정을 기다리는 미래

1장

인생 2막을
맞이하다

과거의 기억이 쌓여
이어진 출발선

내 안의 나를 찾아서

권경애

서점에 들를 때 자주 눈길이 가는 주제는 '나'다. 왜 다른 것도 아닌 나에게 관심이 많을까? 과거에는 내가 없었던 걸까? 아니다. 늘 나와 함께해 왔다. 하지만 온전한 내가 아닌 주위에서 바라는 나로 살아왔다. 우리는 가족이나 직장에서 기대하는 역할에 맞춰 살아간다. 그렇게 사는 것이 옳은 길이고, 당연하다고 여겨 왔다. 역할을 벗어난 나는 누구일까? 남이 보는 내가 아니라 진짜 나를 알기 위해 공부를 시작했다.

2020년 1월 30일 제주도 여행을 마치고 공항 가는 길에 지인들과 카톡으로 안부를 전했다.

"집에 가기 싫다. 여행은 끝나면 항상 아쉬워. 이제 공항 가려고."

"마스크 썼어? 마스크부터 사! 꼭 쓰고 공항 가."

"왜? 뭐 난리 났어?"

여행 중에 뉴스를 보지 않아 무슨 일이 있었는지 몰랐다. 우리나라에서도 중국에서 시작한 코로나 확진자가 발생했다는 것이다. 처음엔 대수롭지 않게 여겼다. 그전에 메르스와 사스같이 전염성 강한 호흡기 질환도 잘 이겨 냈고, 건강에 자신이 있었기에 별생각 없이 넘겼다. 하지만 아이들이 걱정되어서 마스크를 착용한 후 공항으로 갔다.

코로나로 지난 4년 동안, 일상의 시곗바늘은 아주 느리게 흘렀다. 큰애가 중2, 작은애가 6학년이 시작되던 해였다. 3월에 시작해야 했던 학기는 조금씩 미뤄졌다. 등교하는 일수보다 집에서 온라인으로 수업받는 시간이 점점 늘어났다. 아이들이 어릴 때는 뭐든 엄마부터 찾았는데, 점차 손 가는 일이 줄어들었다. 아이들은 이젠 방에서 수업을 듣고, 밥을 먹으며, 핸드폰은 아이들의 둘도 없는 놀이 상대였다. 아이들이 각자의 시간을 보내는 만큼, 엄마가 아닌 나만의 시간이 늘어갔다.

이제 무엇을 하지? 난 무엇을 할 수 있을까? 알 수 없는 무기력증과 늘어난 시간 때문에 잉여 인간이라는 생각까지 들 정도였다. 온 가족이 집에 있다 보니 부딪히는 횟수도 늘어만 갔다. 무언가 탈출구가 필요했다. 그러던 중 오랜 친구가 손을 내밀어 주었다.

"요즘 애들이랑 집에만 있으니까 힘들지? 내가 참여하는 프로그램이 있는데 너도 한번 해볼래?"

"그래. 그게 뭔데?"

감사 일기를 쓰는 프로그램이었다. 아이들만 키우다 보니 아이 친구 엄마들만 알고 지내던 나를 온라인 세상으로 안내해주었다. 코로나로 세상과 단절되었다고 생각했는데 온라인 세상은 활발하게 움직이고 있었다. 신세계였다. '줌'을 통하여 화면에서 만나는 사람들은 전국 각지에 살고 있었다. 사람을 만나는 일이 어디를 가야만 하고, 어떤 공간에서만 이루어지는 게 아니었다. 각자의 공간에서 줌을 통해 자신을 성장시키는 사람이 화면 속에 많았다. 새로운 충격이었다. 그동안 나는 뭘 한 거지? 아이들에게는 넓은 세상을 보라고 늘 말했는데, 정작 나는 세상을 모르고 살았다. 우물 안 개구리였다. 처음으로 접한 온라인 세상 속에서 나는 적응하지 못했다. 이웃 엄마들과는 비슷한 주제로 편안하게 고민을 나눈다. 반면 온라인 속 사람들은 전혀 다른 환경에서 다양한 일을 하며 서로의 이야기를 나눈다. 낯선 환경에 위축되었고 나만 부족한 사람처럼 느껴졌다. 그래도 포기하지 않았다. 독서 모임에도 가입하고, 다양한 것을 배우며 온라인 속 많은 사람과 만났다. 돌이켜보니 변화의 시작은 친구의 말 한마디였다.

"경애야, 이거 꼭 한번 배워봐."

배움을 시작하니 시도해야 할 것이 많았다. 온라인이라 더욱 그랬다. 오프라인이면 직접 발로 찾아다녀야 했을 텐데, 키오스크로 음식 주문하듯 앉아서 고르기만 하면 되니 신났다. 무기력한 것이 싫어서 배움을 선택했지만, 오랜 시간 몸에 밴 습관에서 벗어나기 힘들었다. 조금만 방심하면 어느새 소파에 누워 핸드폰 삼매경이었다.

앤젤라 더크워스의 『그릿』이라는 책이 있다. 그릿(Grit)은 끈기와 열정을 의미하는 것으로, 어려움이 있어도 목표를 향해 꾸준히 노력하는 태도를 뜻한다. 그릿을 키우는 조건은 첫째, 관심을 가지는 일을 찾는다. 둘째, 의도적인 연습을 한다. 셋째, 일의 목적성을 찾고 의미를 부여하며 동기를 얻는다. 넷째, 긍정적인 태도와 희망을 지닌다. 더크워스는 『그릿』에서 목적을 가지고 의도적으로 연습할 것을 강조한다. 나는 변화라는 목적이 있었다. 걸음은 느렸지만 포기하지 않았다. 그렇게 1년이 지나니 '나'라는 사람이 보였다. 욕심도 많고 잘하고 싶었지만, 실패에 대한 두려움이 큰 사람이었다. 그 두려움 때문에 주저할 때가 많았다. 실천으로 옮길 때는 타인보다 뒤처졌을 수 있지만, 끈기 있게 배웠다. 부족하다는 걸 드러내기 싫어 감추기도 하고, 열심히 하는 흉내도 내가며 나 자신만의 속도를 찾아갔다. 나의 부족함을 마주한다는 것 또한 용기가 필요한 일이었다. 누군가는 "차라리 쉬운 일을 해."라고 한다. 가끔은 나도 그러고 싶었다. 하지만 이렇게 배우는 것이 좋았다. 어렵지만 하나씩 이겨내고 부딪히며 나를 찾아가는 여정에서 만

나는 삶의 의미는 가치 있는 일이었다. 힘든 것과 쉬운 것은 사람에 따라 다르게 느낀다. 각자의 길이 있다. 지금은 '나의 길'을 가고 있다.

배우지 않았다면 내가 누구인지, 무엇을 좋아하는지 모른 채 살았을 것이다. 하지만 내가 좋아하는 것과 싫어하는 것, 하고 싶은 것과 싫어도 해야 하는 것, 나를 위해 다양하게 경험한다. 낯선 선택이라고 남들보다 늦다고 기죽을 필요는 없다. 몇 년 전 같았으면 생각지도 않는 경험을 하는 지금이 좋다. 새로운 선택을 앞두고 고민하는 누구에게라도 "해봐!"라고 말한다. 여전히 두렵고 느린 걸음이지만 나의 길을 간다. 모두의 속도가 같을 필요는 없다. 나를 인정하고 믿어주며 사랑하려 한다. 아침에 눈을 떠 아이들에게 사랑한다고 말하기 전에 나에게 먼저 말해준다.

'경애야, 세상에서 제일 사랑해. 오늘도 멋진 하루 만들자!'

노라처럼 다른 문을 열고 싶었다

권미숙

　살고 있는 아파트가 경매로 넘어갔다. 사업이 잘되자 무리하게 확장한 결과였다.

　1980년대 우리나라 경기는 호황이었다. 친정 작은아버지와 둘째 오빠는 나이키, 아디다스, 퓨마 등 신발 완제품을 생산하는 사업체를 운영했다. 그 덕분에 우리도 삼색 선으로 된 아디다스 슬리퍼를 만드느라, 생산 라인이 멈추지 않았다. 신발 산업이 호황을 누리는 시기였다. 주문이 넘치자 더 많은 돈을 벌기 위해 사업을 확장했다. 그런데 88 서울 올림픽을 치르고 난 뒤 인건비가 많이 올랐다. 생산 단가가 맞지 않아 주문이 점차 인도네시아, 중국, 베트남으로 넘어가고 있었다. 무리하게 확장한 우리 사업체도 점점 물량이 줄어들었다. 급기야 한 달 한 달 직원들 월급 챙겨주기도 힘들어졌다.

작은아버지와 둘째 오빠가 경영했던 회사가 IMF 때 부도났다. 우리 회사도 연쇄적으로 망했다. 임대로 확장했던 공장도 생산 라인을 뜯어내고 원상태로 복구하느라 비용이 많이 들었다. 직원들 밀린 월급은 아파트가 경매되어 1순위로 해결했다.

앞으로 어떻게 살아갈까? 하루 종일 넋이 나간 채 동굴만 파고 살았다. 재용이 엄마를 만나려고 약속 장소에 나갔어도 왜 여기 왔는지 잊어버려서 한참 헤매고 다녔다. 아이들이 학교 다녀와서 "엄마!" 하고 불러도 듣지 못했다. 불면증에 시달렸다. 아침 해가 뜨는 것이 두려웠다. 우울증도 찾아왔다. 힘이 들수록 부부 한 사람이라도 서 있어야 하건만 같이 무너졌다. 또 남편이 도박에 빠진 걸 뒤늦게 알게 되었다. 충격적이었다. 몇 번 애원하고 협박했지만 갈수록 외박이 잦았다. 사업이 망한 것도 힘든데 남편까지 도박에 빠졌으니 차라리 이혼하고 싶었다.

아이들도 사춘기가 시작되었다. 전교생 앞에서 장기자랑도 곧잘 하던 아들은 엄마, 아빠가 자주 싸우자 움츠러들었다. 점점 학습에도 흥미를 잃었다. '부재중 아빠와 우울증 엄마' 사이에서 아이들도 힘들었을 것이다. 하지만 아이들의 아픔보다 내 아픔이 커서 제대로 보살피지 못했다.

그 와중에 딸 담임선생님으로부터 전화가 왔다. 자리에 누워 있다 목이 잠긴 채 전화를 받았다.

"어머니께서 아침 시간 바쁘지 않으시면 따님과 시간을 같이 보낸 후에 등교하도록 해주세요. 별일은 아니지만 일찍 등교해서 선배 언니들과 어울려서 좀 말썽을 일으켰어요."

그러고 보니, 수업 시간 맞추어 늦게 등교하던 딸이 얼마 전부터 일찍 등교했던 것 같다. 몇 달 동안 넋 나간 여자처럼 한자리에 앉아 있거나 잠으로 도피했다. 그런데, 딸이 엇나가기 시작하자 방바닥에 불이 난 것처럼 뜨거워 벌떡 일어섰다. '사춘기 아이들을 어떻게 도울 수 있을까?' 고민하던 중 서점으로 달려갔다. 내 눈에 들어온 게 황영란 작가의 『내 아이 어떻게 키울까』라는 책이었다. 목차부터 마음을 울렸다. "부모는 자녀에게 씨앗을 심는 농부"라고 한다. 책을 읽고 난 후 작가에게 전화해 우리 집 상황을 이야기했다. 그분은 '독서요법'을 통해 상담하고 있는 이선애 선생님을 소개해 주었다. 독서요법은 자신의 문제를 먼저 깨닫고 상대방을 도와주는 방법이다. 평범한 진리 속에 깨닫게 된 "자녀 문제는 문제 부모다. 문제아는 없고 문제 부모만 있다."라는 구절을 읽고 망치로 한 대 얻어맞은 것 같았다. 자녀를 상담하러 갔는데 자녀 문제는 신경 쓰지 않았다. 먼저 부부가 회복되면 자녀들은 자연스럽게 좋아진다고 했다. 부부가 같이 '독서요법'을 해보라고 권유했다. 그러나 남편은 이미 다른 것에 정신이 팔려 책을 읽을 수가 없었다. 내 생일 날 "케이크 사서 금방 들어갈게." 했던 남편이 저녁 11시가 되어도 들어오지 않았다. 다음 날, 가깝게 살고 있는 친구 사업장을 찾아갔다. 한쪽에 케이크를 두고 눈이 충혈된 채 동양화를 손에 쥐고 있었다. 쌍욕을 하고 케이크를 그 자리에서 던져 버렸다. 가야 할 길이 너무 멀어 모든 것을 포기하고 싶었다. 등 떠밀려서 결혼했다면 감정대로 했을 것 같다. 그러나 내가 선택한 결혼이라 책임져야 했다. 그 후 문제를 해결하기 위해 '고통'이라는 제목만 눈에 띄면 무조건 책을 구해 읽었다. "고통에는 뜻이 있고 고통은 변장하고 찾아온 축복이다." 읽을 때는 위로가 되었지만, 막상 삶에서는 하나도 달라진 게 없었다. 사업은 망했고 남편은 도박에 빠져 있고 아이들은 말썽부리는데 어떻게 이 일이 변장하고 찾아온 축복이란 말인가? 그러던 중에 『자신이 가장 고통 중에 있다고 생각하는 이들에게』라는 '바바라 존슨'이 쓴 책을 읽었다.

세 아들을 둔 작가 이야기였다. 월남전에 참가한 아들은 전사했다. 한 아들은 마약 중독자가 되었다. 교통사고를 겪은 아들도 있었다. 이 모든 일이 한순간에 일어났다. 그러나 저자는 시련 속에서도 의미를 찾았다고 한다. 자신이 겪은 고통을 통해 다른 사람을 위로하고 도왔다. 이 책을 읽고 나니 나만 겪는 고난도 아닌데 결혼생활에 문제가 생겼다는 이유로 도망치려 했던 나를 보게 되었다.

그 후 '환란 당하고 원통하고 빚진 자'들이 모인다는 교회를 알게 되었다. 남편 도박 문제를 해결할 수 있을까, 반신반의로 다니게 된 것이 우리 부부에게 전환점이 되었다. 힘든 사람들이 모인 곳이라 나와 같은 고난을 겪는 사람들이 많았다. 경영하던 사업이 힘들어지자 경제적, 심리적 문제에서 벗어나기 위해 도박으로 피한 남편을 조금씩 이해하게 되었다. 단순한 의지의 문제가 아니라 심리적, 신경학적 문제이므로 감정적으로 비난하는 게 도움이 되지 않는다고 모임에서 조언해 주었다. 그 이유를 몰랐던 나는 툭하면 아이들 앞에서 당신은 사람도 아니다, 어쩌면 처자식 놔두고 그럴 수 있느냐고 비난하기 바빴다.

중독에서 벗어나려면 그것보다 더 좋은 것을 만나야 끊을 수 있다고 한다. 끊는 과정에서 넘어져도 다시 일어설 수 있도록 가족이 격려해 주고, 응원해야 한다고 조언해 주었다. 그때가 가장 힘들었다. 그래서 술 중독, 약물 중독, 쇼핑 중독 등으로 모인 '목장 예배'에 꾸준히 참석했다. 정신과 약을 먹고 상담도 꾸준히 받았다. 그 과정을 거치면서 도박을 점점 끊게 되었다. 엄마, 아빠가 회복되자 아이들도 점차 자기 진로를 찾아갔다.

이제 우리 부부는 우리와 같은 고난을 겪고 있는 가정을 돕는 소그룹 리더를 맡고 있다. 과거에 경험했던 일들이 그들을 조금이라도 도울 수 있는 약재료가 된 것이다. 아이들도 가끔 가족 카톡 방에 "엄마! 아빠! 존경하고 사랑합니다." 낯 간지러운 문자를 보낸다.

살다 보면 참기 힘든 십자가가 있다. 그러나 고난으로 찾아온 십자가 길이 결국 변장하고 찾아온 축복이었다. 비바람을 견딘 나무가 더 깊이 뿌리 내리듯, 삶의 어려움을 통해 우리 부부는 점점 성장하게 되었다.

돌아보니 헨리크 입센의 『인형의 집』 주인공 '노라'처럼 대문을 박차고 집을 나가지 않았던 게 지금까지 살아온 중 최고 잘한 일이다.

찬란했던 나의 20대여

김성숙

먹고 살기 빠듯했던 유년 시절에 어른이 되면 돈을 많이 벌겠다고 막연히 다짐하곤 했다. 무슨 일을 하면서 살까? 어떻게 해야 돈을 많이 벌 수 있을까? 어떤 질문을 해도 결과는 돈이었다. 돈을 잘 버는 사람은 어떤 결정을 내릴까? 무엇을 먹고 어디서 살까? 나도 돈을 많이 벌고 싶었다. 아하, 돈이란 무엇일까?

나의 꿈은 패션디자이너였다. 엄마는 고민 끝에 나를 엄마 친구가 운영하는 의상실로 보냈다. 거기서 막내라 잡다한 일은 전부 내가 해야 했다. 평일엔 의상실 일을 하고 주말엔 패션디자인 학원에 다녔다. 그 의상실에서는 사장과 그의 조카, 그리고 나, 이렇게 셋이 함께 일했다. 조카에게는 내가 눈엣가시였다. 내가 잘해도 신경질을 내고 실수하면 더 크게 화를 냈다. 사사건건 나를 불편하게 해야 직성이 풀리는 듯했다. 식사 때 닭볶음탕을 해서 먹으면 나에게 감자와 국물만 줬다. 먹는 것으로 차별하다니 치사하고 서러웠다. 조카와 나는 앙숙이 되었다. 결국, 나는 의상실을 그만두고 꿈을 접고야 말았다.

나의 첫 독립생활은 순탄치 않았다. 기왕 독립했으니 나 혼자 일어설 수 있다는 것을 엄마에게 보여주고 싶었다. 나는 친구들 사이에서 인기가 많았다. 그렇다고 친구들과 좋은 기억만 있는 것은 아니다.

경기도 광명시에 정착한 나를 순경이와 미현이가 찾아왔다. 우린 각자의 인생 로드맵을 그리며 서로 조언과 칭찬을 아끼지 않은 사이였다. 순경이가 나와 미현이랑 셋이 함께 살자고 제안했다. 같이 살기로 하고 순경이가 우리를 대신하여 인천 학익동에 분양하는 빌라를 계약했다. 그런데 그 계약은 순영이가 부모님 모르게 한 것이었는데, 계약 사실을 안 순경이 부모님은 펄펄 뛰었다. 계약금이 아깝다며 순경이는 나에게 빌라를 대신 사라고 권했고, 나는 그렇게 했다. 나의 찬란한 빚쟁이 인생이 시작됐다.

당장 대출금과 이자를 갚아야 했다. 점심값을 아끼려고 도시락을 쌌고, 버스비도 줄이려고 어지간한 거리는 걸어 다녔다. 직장을 다니며 아르바이트도 했다. 퇴근 후엔 파트타임으로 주말엔 종일 동안 하는 레스토랑 일이었다. 대출금을 갚기 위해서 닥치는 대로 일했다. 아름다운 20대에 처절하게 돈의 위력을 경험했다. 여행은 엄청난 사치였다. 나에게 빌라를 넘긴 친구는 나름 여유로운 생활을 했다. 그 친구를 원망했다. 이미 벌어진 일, 결정은 내가 했으니 책임도 내가 져야 했다. 얼떨결에 열심히 살아야 할 처지가 되었다. 젊어 고생은 사서도 한다는 옛말이 있다. 그래 살아보리라. 긍정적으로 마음을 먹었다.

　이자를 내야 하니 하루라도 쉴 수가 없었다. 당장 돈을 벌어야 했다. 빌라 분양하던 부동산 사장이 꽤 많은 수수료를 받는 것을 보고 나도 나중에 부동산 중개업을 해야겠다고 다짐했다. 부동산 중개업을 하기 위해 영업하는 것을 먼저 배우기로 했다. 건강식품, 안마기 등 어떤 물품이든 닥치는 대로 판매했다. 마음만 급하고 판매 요령이 없었다. 건강식품을 판매할 때였다. 같은 팀이었던 이 부장이 판매를 곧잘 했다. 나도 잘하고 싶었다. 비결이 무엇인지 궁금해서 물어봤다. 이 부장은 "한발 앞에 나가서 하면 됩니다."라며 시범을 보였다. 나는 바로 실행으로 옮겼다. 무슨 일이든 한발 먼저 나가서 했다. 이 부장 덕분에 무엇을 팔아도 일등을 했다.
　실적이 좋아지자 안마기를 판매해 보자는 제안이 들어왔다. 새로운 제품에 호기심이 생겼다. 매출이 잘 나오니 백화점에서 입점 제안이 들어왔다. 백화점에서 안마기와 건강용품을 판매하기 시작했다. 백화점 입구 화장품 매대 옆에 내가 판매하는 물품을 진열했다. 옆 코너에 화장품을 판매하는 언니가 식사하러 가거나 휴식을 취할 땐 내가 적극적으로 판매를 대신해 줬다. 그 언니는 그런 나를 고마워했고 좋아했다. 우린 서로 말이 잘 통해서 금세 친해졌다. 그 언니네는 대전에서 사업을 하다가 망하고 서울로 올라왔다고 했다. 언니 남편은 부동산 사무실에 다닌다고 했다. 그 말을 들은 나는 솔깃했다. 부동산에 관심이 많았던 나는 언니에게 "나도 부동산 중개업을 하고 싶다."라고 말했는데, 언니는 당시에 별로 귀담아듣는 것 같지 않았다. 부동산에서는 무슨 일을 어떻게 하는 걸까? 궁금한 게 많았다.

백화점에선 안마기를 많이 팔았다. 구매한 사람이 많아지자 한계에 다다랐는지 수익도 점점 줄었다. 이에 대비하여 다른 아이템을 찾고 있었다. 그러던 어느 날, 오랫동안 나를 지켜보던 언니가 부동산 일을 해보지 않겠냐며 제안했다. 이미 관심을 많이 두고 있던 터라 나는 제안을 받자마자 흔쾌히 수락했다. 같이 일할 사람은 바로 언니 남편으로, 고시원 권리금 거래를 중개하는 박 이사였다. 우선 급여는 열정 페이로 시작하자고 박 이사가 제안했다. 나는 사실 급여에는 관심도 없었다. 돈보다 일 배우는 것에 초점을 두었기 때문이었다.

아침 출근 후 바로 전화를 돌려 매물을 확보했다.

"안녕하세요? 한길부동산 김 과장입니다. 매매 계획 있으신가요?"

잡담도 하지 않고 전화 업무에 매진했다. 옆 모텔 매매 팀에서 나에게 쉬

엄쉬엄하라고 했다. 주변에서 어떤 말을 해도 나에겐 들리지 않았다. 전화를 돌리다 매물 확보가 되면 바로 박 이사에게 방 개수, 보증금, 매매 금액 등에 대한 정보를 알려줬다. 박 이사는 일주일에 계약을 몇 건씩 했다. 그 당시 수수료가 많게는 양쪽 합계 1천만 원이었다.

일주일에 몇 건씩 계약을 체결하면서 나에게는 열정 페이만 주는 게 불편했다. 몇 달 지나 나는 프리랜서가 되겠다고 선언했다. 그러자 박 이사가 다시 제안해 왔다. 양쪽에서 받은 수수료에서 내가 3, 박 이사가 7을 가져가고 운영비는 반반 내기로 합의했다.

어느 고시원 거래가 끝나 잔금을 치른 후 수수료 800만 원이 입금되었다. 다 함께 식사했다. 식사 후 밥값을 내는 사람이 없었다. 서로 눈만 쳐다보았다. 그래서 내가 운영비로 밥값을 냈다. 박 이사는 운영비로 밥값을 냈다고 화를 냈다. 같이 먹은 밥값에 화를 내다니 어이가 없었다. 실망했다. 사실, 박 이사는 계약서를 쓰고도 안 쓴 것처럼 여러 번 거짓말했다. 수수료를 몇 번이나 받고도 아닌 척했다. 박 이사와 더는 함께할 수 없었다. 그때부터 독립하기로 마음먹었다.

사수에게 뒤통수를 맞고 나니 부동산업에 관련된 사람들과 소통하기가 어려웠다. 그래서 나는 나만의 방식을 찾아서 일하기로 했다. 같이 거래하던 대방동 이 원장이 매매하고 싶다고 연락이 왔다. 매물로 나온 고시원을 보러 갔다. 주방이 더러워서 헛구역질까지 났다. 고시원을 사려는 사람과 세 시간 후 만나기로 돼 있었다. 나라면 이 더러운 고시원을 살까? 질문해 보았다. 당장 슈퍼마켓에서 철 수세미와 고무장갑을 샀다. 구매자가 오기 전까지 주방과 복도를 깨끗하게 청소했다. 그래서인지 거래는 성사됐고 계약서를 쓸 수 있었다. 그 후 이 원장은 나와 절친이 되었다. 거래만 하면 되지 청소를 왜 해주냐며, 모텔 매매 팀이 나에게 핀잔을 줬다. 무슨 말을 해도 들리지 않았다. 거래를 성공시킨 내가 옳다고 믿었다.

친구에게 떠맡은 빌라 계약으로 나의 20대는 빚더미에서 허우적댔다. 위기는 한두 번이 아니었다. 그럴 때마다 극복하기 위해 노력했다. 호랑이에게 물려가도 정신 줄만 꽉 잡으면 살 수 있다고 했다. 인생은 멘탈 게임이다. 힘든 상황에서도 긍정적으로 생각하니 멘탈은 더 단단해졌다. 친구 대신 빌라를 샀을 때도, 건강용품을 판매했을 때도, 성사될 거 같지 않던 고시원 매매에 직접 나서서 청소했을 때도. 긍정적 사고는 신체적으로나 정신적으로 다양하게 영향을 미친다. 지금의 나는 그때의 위기가 전화위복이 되어 내가 원하는 방향으로 살고 있다.

생각 없이 내뱉은 말이 상처가 된다

김주하

수많은 말을 하며 살아간다. 하루라도 말하지 않고 지내는 날은 드물다. 다른 사람과 대화를 나누거나, 혼잣말도 하고, 더러 대중 앞에서 발표도 한다. 상황이나 감정에 따라 말을 그때그때 다양하게 표현할 수 있다. 아무 생각 없이 툭 내뱉기도 하고, 신중하게 말하기도 한다. "입은 삐뚤어져도 말은 바로 해라."처럼 말의 중요성을 강조한 속담도 있지 않은가. 한번 내뱉은 말은 다시 주워 담을 수 없다. 그래서 말은 함부로 해서는 안 된다. 말하는 사람의 태도 또한 중요하다. 사용하는 단어뿐만 아니라 억양이나 속도 등으로 말하는 사람의 의도까지 짐작할 수 있기 때문이다. 특히, 처음 만나는 자리에서 하는 말은 첫인상을 결정하기 때문에 중요하다. 그래서 면접을 앞두고 스피치 학원에 다니는 사람도 있다. 실수 없이 말을 잘하고 싶어서다. 이처럼 조리 있는 말은 이해하기 쉽고 신뢰를 얻을 수 있다.

서로 오해 없이 의사소통하기를 바란다. 그러려면 상대를 존중하는 마음을 갖는 것이 먼저다. 진실한 말은 마음을 움직이게 하지만 아무리 좋은 내용이라도 말투가 거칠면 기분을 상하게 만들어 상처가 될 수 있다. 내가 한 말에는 책임이 따르며 인격과 태도까지 그대로 반영된다. 따라서 말하는 습관을 의식적으로 잘 다듬고 관리할 필요가 있다.

중학생 때의 일이었다. 그때는 스스로 제법 컸다고 느꼈다. 1남 3녀 중 막내인 나는 집에서 어린아이 취급을 받아 자주 억울해했다. 중학생이 됐으니 이제는 내 마음대로 결정해도 될 거 같았다. 마치 어른이 된 기분이었다. 새로운 중학교 생활은 즐거웠다.

입학 후 며칠이 지나지 않았을 때였다. 같은 초등학교를 나온 친구와 같은 반이 되어 틈만 나면 종알종알 수다를 떨었다. 중학교 생활이 낯설기보다는 설렘으로 마음이 들떠 있었다. 별말 아닌데도 내 말에 친구들이 웃어주었다. 왠지 인정받아 중요한 사람이 된 것 같았다. 그럴 때마다 더욱더 웃기려고 말을 많이 했다. 그러던 어느 날, 담임선생님이 날 교무실로 불렀다. 무슨 일일까 하며 조심스레 문을 열고 들어간 교무실은 마치 다른 세상 같았다. 두리번거리며 담임선생님 자리를 찾아 앞에 섰다.

"교실에서 떠들지 마. 분위기 흐리면 안 돼."

담임선생님은 엄격한 표정으로 짤막하게 말씀하셨다. 생각지도 못한 꾸중을 듣게 되어 내심 당황했다. 옆에는 다른 반 선생님도 계셨다. 내 얼굴은 홍당무처럼 빨개졌다. 신학기부터 혼났으니, 앞으로의 학교생활이 막막하게 느껴졌다. 교무실을 나오면서 눈물을 왈칵 쏟을 뻔했지만, 꾹 참았다. 너무 창피했다. 나를 잘 모르면서 혼내신 선생님이 원망스러웠다. 주위 친구들에게는 비밀로 하고 싶었고, 부모님께도 말할 수 없었다. 나는 좋은 친구이자 착한 딸이니까. 어떻게 해야 할지 몰라 마음에 담아두었고, 점점 낯빛은 어두워졌다. 그 사건 이후로 말수를 줄여갔다. 선생님의 말씀은 차가운 겨울바람이 되어 사춘기 소녀의 마음을 얼려버렸다. 만약 그때 선생님이 부드럽게 말해주었다면, 지금의 나는 더 재치 있는 사람이 되지 않았을까 상상해 본다. 35년이 지난 일인데도 그날의 기억이 생생하다. 말은 내 경험처럼 성격에도 영향을 줄 수 있다고 생각한다.

취직해서 어엿한 직장인이 되었다. 첫 근무지는 충청북도 충주. 부모님 품을 떠나 독립하게 되었다. 하루 9시간 이상을 일하면서 이게 직장인의 삶이구나 생각했다. 나에게 주어진 업무를 해내며 사회생활을 배웠다. 해를 거듭할수록 직장 생활에 익숙해졌다. 지점 간 순환근무 제도가 있어서 충주에서 대전으로, 또 서울로 여러 차례 근무지를 옮겨야 했다. 그때마다 새로운 동료들을 만났다. 부서장의 지시에 따라 부서원들이 일사천리 움직이는 모습은 매우 활기차고 보기 좋았다. 부서에서 막내일 때는 주로 서무 업무를 했다. 부서의 행정업무와 살림살이를 챙기다 보면 머리보다는 손발이 고생한다. 퇴근 시간이 되면 하루가 어떻게 지났는지 모를 정도로 바빴다. 몇해가 지나 대리 딱지를 떼고, 과장이 되어 또다시 부서를 옮기게 되었다. 이제 출입문에서 조금 더 멀어진 자리에 앉게 되어 뿌듯했다. 드디어 부서의 막내 타이틀에서 벗어났다. 애벌레에서 번데기 단계는 건너뛰고 빨리 나비가 되고 싶었다. 그래서 부서장에게 서무 말고 다른 업무를 맡아서 해보고 싶다고 용기 내어 말했다.

"서무 업무는 조직의 중심축이기 때문에 책임감 있는 사람이 했으면 하는데…. 믿고 맡기는 거니까 좀 더 해줘요."

내 의견은 받아들여지지 않았지만, 기분이 나쁘지 않았다. 부서장의 말은 설득력이 있었다. 동그랗고 큰 눈으로 날 바라보며, 부드럽게 말하는 목소리만으로도 그분의 뜻을 충분히 알 수 있었다. 그 부서장이 나의 롤모델이었다. 같은 여성으로서 육아와 일 모두를 멋지게 해내는 모습을 보며 나도 저렇게 나이 들고 싶다고 생각하곤 했다. 그래서 부서장을 좋아했고, 일로 보답하고 싶었다. 그분의 리더십은 스스로 일을 찾아서 하게 하는 보이지 않는 힘이 있었다. 그 점이 남다르게 느껴졌다.

인생은 마치 도화지와 같다. 여러 사람을 만나고 헤어지며 다양한 색깔로 그려간다. 중학교 시절 담임선생님이나 직장에서 만난 그 부서장처럼 나와 밀접한 관계인 사람의 말은 영향이 더 클 수밖에 없다. 말이 가진 힘은 생각보다 크다. 어떻게 말하느냐에 따라 같은 말이라도 듣기 싫은 잔소리가 될 수 있다. 반대로 그 사람 인생의 중요한 자산이 되기도 한다. 진심 어린 말 한마디가 상상 이상의 변화를 가져올 수 있다.

"입에서는 3초, 가슴에서는 30년."이라는 말이 있다. 즉, 몇 초의 짧은 발언이라도 상대방의 마음에 오래 남을 수 있다는 얘기다. 특히, 생각 없이 내뱉은 말은 씻을 수 없는 상처가 될 수 있기에 말 한마디 한마디 신중해야 한다.

나는 오늘도 많은 말을 한다. 내 말 한마디가 누군가에게 기분을 나쁘게 만들지는 않았는지 되돌아보며 청자의 입장이 되어본다. 나는 이런 사람이 되고 싶다.

"그 사람과 대화를 나누면 시간이 어떻게 가는지 모를 정도로 즐거워. 힘들 때 그 사람에게 터놓고 얘기하면 마음이 편안해져."

나에 대해 이렇게 평가해 준다면 더할 나위 없이 기쁠 것 같다. 봄날 같은 따뜻한 말로 공감하며 보내는 하루하루는 행복하다.

다시 쓰는 내 인생의 페이지

5

멈춰 섰더니 다른 세상이 보였다

박찬홍

여행을 가거나 등산할 때 길을 잘못 들어 고생하는 경우가 종종 있다.

이럴 때는 잠시 멈춰서 계획한 경로가 맞는지 확인하는 일이 중요하다. 때로는 새로운 길을 찾거나 되돌아가는 게 더 현명한 선택이 될 수도 있다. 인생에서도 이와 비슷한 순간이 찾아온다. 사람들은 보통 세 가지 선택을 한다. 첫째, 길이 잘못된 줄도 모르고 계속 가는 경우다. 이는 가장 위험할 수 있다. 둘째, 길이 틀렸다는 걸 알지만 변화에 대한 두려움이나 익숙함 때문에 그대로 가는 경우다. 결국 큰 피해와 후회를 남길 수 있다. 셋째, 문제를 깨닫고 즉시 멈춘 뒤 신중히 판단하는 경우다. 여유를 가지고 상황을 분석한 후, 계속 나아갈지 새로운 길을 찾을지 결정해야 한다.

우리는 일상에서 어떤 선택을 주로 하고 있을까? 여행이나 등산 중에는 판단을 잘못해도 다소 불편하거나 시간을 낭비하는 정도로 끝날 수 있다. 하지만 공부, 결혼, 자녀 교육, 직장 생활, 재테크, 인간관계처럼 중요한 선택에서는 상황이 다르다. 아무리 목표와 방향을 잘 정해도 예상치 못한 어려움은 찾아오기 마련이다. 그럴 때는 잠시 멈춰서 상황을 점검하고 문제를 해결한 뒤 다시 나아가는 게 현명하다. 나 역시 그런 경험을 여러 번 했기에, 이 말에 깊이 공감한다.

직장 생활을 시작하면서 처음으로 고민에 빠져 막막했다. 그때 나는 열정이 너무 앞섰고 자신에게 집중할 줄 몰랐다. 지금 돌이켜 보면 성장하는 과정이었지만 당시에는 마음이 급했다.

대학을 졸업하고 첫 회사에 입사하며 IT 부서에 지원했다. 비전공자로서 전문성을 쌓으려 노력했지만, 처음에는 시행착오의 연속이었다. 또한 주변에서는 경영학 전공자가 IT 부서에서 일하려는 걸 의아하게 여기기도 했다.

내가 입사한 회사는 서울에 본사를 둔 정유·판매와 발전소를 운영하는 기업이었다. 입사 당시 나는 두 가지 경력 목표를 세웠다. 첫째, 빠르게 업무를 익혀 해외부서에서 성장하는 것. 둘째, 인사 전문가로 성장하며 재무 업무도 경험하는 것. 신입 사원 교육(OJT) 기간에 멘토 선배에게 이 목표를 이야기했다. 선배는 IT 부서에서 일하면 변화의 흐름을 빨리 파악할 수 있다고 했다. IBM 같은 글로벌 IT 기업과 협업할 기회도 많아 경력관리에 유리하다고도 조언했다. 고민 끝에 IT 부서에 지원해 프로그램개발을 시작했

다시 쓰는 내 인생의 페이지

다. 하지만 개발은 예상보다 훨씬 어려웠다. 교육만 몇 번 받는다고 IT를 전공한 동기들을 따라잡을 수 없었다. 다른 부서 동기들은 회사에 잘 적응하는 것처럼 보였다. 반면 나는 6개월도 되지 않아 무기력해졌다. 야근을 거듭하며 건강이 나빠졌고, 자존감도 바닥을 쳤다. 결국 부서에 폐를 끼치는 것 같아 미안함과 후회가 밀려왔다.

고민 끝에 멘토 선배를 만나 도움을 요청했다. 선배는 "IT 전공자도 아닌 네가 어떻게 전공자들처럼 처음부터 잘할 수 있겠어! 잠시 멈춰서 뭐가 문제인지 찬찬히 살펴봐."라고 조언했다. 선배는 그날 점심시간에 나를 명동성당에 데려가 함께 걸으며 응원해 주었고, 소문난 맛집인 명동돈까스라는 식당에서 점심도 사주었다. 그 선배는 회사에서 힘든 일이 있거나 고민이 많을 때 퇴근 후 명동성당에 들러 조용히 혼자만의 시간을 갖는다고 했다. 멘토의 여러 조언을 듣고 잠시 위로는 되었지만, 뚜렷한 해결책이 보이지 않아 여전히 답답했다.

몇 주가 지난 토요일 오후, 나는 하숙집을 나와 당시 종로2가에 있던 종로서적으로 갔다. 혹시 경력관리에 도움이 될 만한 책이 있을까 싶어 한참을 뒤적였지만, 끝내 찾지 못하고 서점을 나왔다. 파고다 공원을 지나 인사동 거리를 혼자 걸었다. '부서를 옮겨야 할까? 아니면 다른 회사를 알아봐야 하나?' 머릿속이 복잡했다. '하지만, 이직하기엔 너무 빠르지 않나? 입사한지 겨우 6개월인데⋯.' 이렇게 빨리 포기하는 건 자존심이 허락하지 않았다.

게다가 IT 부서를 선택한 사람은 나였다. 일이 생각처럼 빠르게 풀리지 않아 실망할 뿐, 정말 싫은 건 아니었다. 스스로와 끊임없이 대화하며 마음을 다잡으려 했지만, 고민은 점점 깊어졌다. 그러던 중, 문득 선배의 말이 떠올랐다. "잠시 멈춰서 뭐가 문제인지 찬찬히 살펴봐." 무거운 발걸음을 옮기다 보니 어느새 명동성당이 눈에 들어왔다. 계단 아래에서는 가수 '수와 진'이 대표곡 〈파초〉를 열창하고 있었다. "정열과 욕망 속에 지쳐버린 나그네야…" 가사가 꼭 내 처지 같았다. 성당 안에 앉아 조용히 나 자신을 되돌아보았다. 왜 이렇게 힘들까? 무엇이 문제일까? 곰곰이 생각하던 순간, 문득 깨달음이 스쳤다. '내 장점을 잊고 있었어. 너무 조급하게 생각했어. 좀 더 여유를 갖고 목표를 다시 세워보자. 그리고 지금까지 해왔던 방식을 바꿔보자.' 가슴 깊은 곳에서 무언가 뜨겁게 솟아오르는 느낌이 들었다. 성당을 나설 때쯤, '수와 진'의 노래가 온전히 마음속으로 스며들었다.

그 후 나는 조급함을 내려놓고 IT를 기초부터 다시 공부하기 시작했다. 작은 규모의 프로그램은 코드를 통째로 외운 뒤 직접 작성하여 실행해 보고, 결과를 점검하면서 실력을 쌓아갔다. 많은 시행착오와 어려움을 겪었지만, 나만의 방식으로 프로그램개발 역량을 키웠다. 또한 내 장점인 경영·회계 지식을 바탕으로 컨설팅과 데이터베이스설계 분야의 전문성을 높였다. 그렇게 쌓은 IT 역량은 중요 직책으로 성장하는 데 밑바탕이 되었고, 내가 근무하는 회사의 범위를 넘어 그룹 차원의 여러 프로젝트에 참여할 수 있는 강점이 되었다. 입사 초기의 계획대로 모든 일을 해낸 건 아니었지만, 몇 차례의 '성공 경험'과 '잠시 멈춤'을 거치며 다양한 업무를 해낼 수 있었다. 그런 과정을 통해 결국 인사와 혁신을 총괄하는 임원으로 성장할 수 있었다.

조직에서 책임이 커지고 직급이 올라갈수록 '잠시 멈춤'이라는 단순한 단어는 더욱 큰 힘을 발휘했다. 나 역시 멘토 선배처럼 고민하는 후배들에게 나의 경험을 나누며 '잠시 멈춤'의 가치를 전했다. 그 작은 조언은 많은 후배에게 용기와 회복력을 주었고, 위기에 처한 여러 사업을 정상화하는 데도 도움이 됐다. 이제는 일상에서도 자주 '잠시 멈춤'을 실천하며 스스로와 대화하고 더 나은 선택을 하려고 노력한다.

기술의 발전과 함께 사회는 빠르게 변화하고 있으며, 우리는 끊임없이 새로운 도전에 직면하고 있다. 이러한 시기일수록 잠시 멈춰 서서 자신과 상황을 객관적으로 돌아보는 것이 필요하다. 때로는 멘토의 지혜를 빌리는 것도 좋은 방법이다. 이제 멘토는 가족과 친구뿐만 아니라 유튜브, AI, 다양한 교육프로그램을 통해서도 만날 수 있다. 중요한 것은 열린 마음과 배우려는 태도다. 은퇴 후에도 그런 자세가 더욱 필요하다. 삶은 직장의 업무보다 훨씬 복잡하며, 결국 중요한 것은 나와 내 주변 사람들의 행복이다. 앞으로도 '잠시 멈춤'과 '좋은 멘토'는 내 삶의 든든한 길잡이가 되어 줄 것이다.

6

빠르게 달리는 자동차가 남긴 인생 자세

백오규

"앗, 앞에 초보 운전!" 하며 재빨리 차로를 바꾼다. 지나가면서 힐끗 그 차를 쳐다보고는 "쯧" 하고 못마땅한 탄식을 내뱉는다. 쳐다본다고 달라질 것도 없고 내 소리가 상대방에게 들릴 리도 없다. 그냥 앞서가는 초보 운전자를 잠재적인 가해자라고 단정 지을 뿐이다. 괜한 심술에 알량한 정신 승리를 맛보려는 이기심 때문이리라. 차를 몇 년 운전해 본 사람이라면 한 번쯤 경험해 봤을 일이다. 마치 자신은 초보 운전 시절을 겪지 않았던 듯, 개구리 올챙이 적 모른다는 말이 이렇게 잘 들어맞을 수 있을까 싶다.

거북이걸음을 하던 자동차는 복잡한 도심을 벗어나 시원하게 뚫린 간선도로에 접어든다. 부드럽게 액셀러레이터를 밟는다. 웅 하는 엔진소리와 함께 계기판에 알피엠(RPM) 올라가는 모습이 눈에 들어온다. 디지털 방식 계기판이 보여주는 알피엠 지시기는 두꺼운 선이 원둘레를 채우는 모양이다. 바늘이 움직이는 아날로그 방식에 비해 역동감도 덜하고 단조로운 느낌을 준다. 자동차 만드는 사람들 감성이 부족한 모양이군. 곧이어 핸들에 부드러운 진동이 전해지며, 차는 속도를 낸다. 달리는 자동차에 몸을 맡기며, 가벼운 콧노래를 흥얼거린다. 역시 자동차는 달려야 제맛이다.

내가 운전면허증을 딴 것은 20대 후반, 직장 생활을 시작한 지 얼마 지나지 않았을 때였다. 그때는 요즘처럼 자가용이 흔치 않아서, 면허증을 따겠다는 결심은 보통 운전을 하거나 차를 살 계획이 있어야 생각해 보는 일이었다. 사회 초년생이었던 나는 아직 차를 살 엄두가 나지 않았고, 급히 운전을 배워야 할 필요성도 느끼지 않았다. 그러던 어느 날, 직장 동료 여러 명이 한꺼번에 자동차 운전학원에 등록하는 일이 벌어졌다. 회사 인근의 한 운전학원에서 판촉 행사를 진행하며 셔틀버스까지 운행한다는 광고 때문이었다. 남이 장에 간다니 거름 지고 나선다는 격으로, 당장 필요하진 않았으나 주변 사람들 따라 얼떨결에 학원등록을 했고, 면허증을 따게 되었다. 받아 든 면허증은 곧바로 서랍에 넣어두었다. 새 면허증은 세상에 나오자마자 장롱에 갇히는 신세에 처했다.

몇 년 후, 면허증에 대해 까맣게 잊고 있던 내게 운전할 기회가 찾아왔다. 해외 근무 발령을 받았기 때문이다. 가서 일하게 될 국가인 튀니지에서는 운전이 필수라고 했다. 그래서 서랍에 넣어 두었던 면허증을 꺼내 확인한 뒤, 국제면허증을 발급받고 운전에 필요한 준비를 마쳤다.

튀니지는 그동안 우리 회사가 진출한 적이 없는 나라였다. 그곳에서 새롭게 시작하는 사업을 위해 몇 개 팀으로 구성된 전담 조직이 꾸려졌다. 일종의 선발대 역할이었다. 선발대가 하는 일은 다른 사람이 하던 일을 인계받는 것보다 더 많고 어렵다. 현지에 도착한 우리는 거주할 집을 구하는 것이 급선무였는데, 그때까지는 임시로 호텔에서 머물렀다. 팀별로 차 한 대씩을 임차하여 출퇴근과 모든 이동을 함께 하기로 했다. 우리 팀은 총 4명이었는데, 운전은 주로 팀장이나 운전 경력이 있는 동료가 맡았다.

며칠을 뒷자리에 멀뚱하니 얹혀 다니던 내게 어느 날 팀장이 말했다. "백 과장은 면허증도 있다는데, 운전 안 할 거야?" 하며 은근히 운전할 것을 압박해 왔다. 그러던 어느 출근길, 뒷좌석에 오르려는 나를 붙잡더니 거의 반강제로 운전석으로 밀어 넣었다. 운전해야겠다고 생각만 했지, 준비가 안 돼 있던 터라 당황스러웠다. 별다른 저항도 하지 못하고 얼떨결에 운전석에 앉았다. 어색함을 느끼기도 전에 긴장감이 몰려오고 가슴이 두근거렸다. 옆자리에 앉는 것과 운전석에 앉는 것은 천양지차였다.

"도와줄 테니까 해봐, 누구나 처음은 어려운 법이야!"
"여기서 좌 깜빡이, 차선 바꾸고 좌회전, 기어 3단으로, 액셀 밟고 4단으로…."

떨리는 손으로 운전대를 잡고 첫 운행에 나선 내게 주위에서 응원과 조언이 이어졌다. 수동변속기 차량이어서 변속을 직접 하느라 두 발은 분주했고 손은 기어와 핸들을 조작하느라 정신이 없었다. 긴장한 터라 온몸에 힘이 들어갔고, 지나가는 차가 있을 때마다 몸이 절로 움츠러들었다. 오르막이라도 만나면 정차하는 상황만큼은 제발 피하고 싶었다. 오르막에서 출발하다가 잘못하여 시동을 꺼뜨리는 것은 공포 그 자체였기 때문이다. 운전석에서 벗어나고 싶었지만 겪어야 할 절차고, 누구나 하는 운전인데 하고 생각하며 이를 악물고 버텼다. 어떻게 사무실까지 갔는지 기억이 없다.

"그래, 그렇게 하는 거야, 잘하네!" 첫 운전을 무사히 마친 내게 주위에서 칭찬이 쏟아졌다. 겉으로는 웃었지만, 속으로는 여전히 떨리는 가슴을 진정시키고 있었다. 퇴근길에 다시 자동차 키를 내게 건네주었다. 이번에는 야간 운전. 그래도 아침에 운전해 본 경험이 있어서 그런지 긴장이 덜 됐고, 집중한 덕에 또 한 차례 운전을 잘 마칠 수 있었다. 그렇게 며칠간 출퇴근 운전을 하면서 조금씩 안정을 찾았다. 가장 큰 난관인 오르막에서 정지한 후 출발하기와 주차하기는 가끔 점심시간에 사무실 인근 한적한 도로에서 혼자 연습하면서 감을 익혔다.

어느 주말, 감을 조금씩 잡아가고 있던 내게 이번에는 고속도로 주행을 해보자고 팀장이 말을 건넸다. 고속도로 주행이 더 쉽다며. '이 양반이 나를 아주 잡는구나.'라는 거부감이 일순 들었으나 고마운 생각이 들었다. 오히려 내가 부탁해야 할 처지가 아니었던가. 그래서 나간 고속도로. 빠르게 달리는 차들 사이로 진입하자 긴장감에 몸은 움츠러들었고, 핸들 잡은 손에는 힘이 잔뜩 들어가며 땀이 났다.

"자동차는 빠르게 달리라고 만든 물건이야, 빨리 가야 할 때는 빨리 달려야 해. 그래야 여유도 생기는 법이지!"

긴장한 채 전방을 주시하는 내 시선 옆으로 차량 행렬에 맞춰 속도를 올릴 것을 주문하는 팀장의 말이 떨어졌다. 그 말에 정신이 번쩍 들어 자세를 가다듬었고, 이어서 깊은 심호흡을 하자 긴장감이 가라앉았다. 그렇게 고속도로 주행을 통해 속도의 중요성과 여유의 필요성을 배웠고, 자연스레 운전에 대한 자신감도 커졌다. 그 이후 우리 팀의 운전은 내가 도맡다시피 했다. 나의 운전은 그렇게 시작되었다.

자동차는 이제 필수품이다. 하지만 빠르게 달리는 속성을 지녔기 때문에 속도만큼이나 위험이 따른다. 그래서 운전에는 지켜야 할 것이 많다. 단순하게 교통법규 준수에서 끝이 아니다. 안전 운전과 양보 운전 등 운전자가 지켜야 할 자세는 다양하다. 운전자의 자세를 생각하면 '차는 빠르게 달리는 물건이다!'라는 말이 늘 떠오른다. 다소 엉뚱하게 들릴 수도 있지만, 내게 깊이 각인된 이 말은 운전을 처음 배울 때의 다양한 기억과 함께 초심을 떠올리게 한다. 그 덕분에 운전할 때 평정심을 유지하는 데 큰 도움이 된다.

다시 쓰는 내 인생의 페이지

빠르게 달려야 할 때는 빠르게, 천천히 가야 할 때는 천천히. 빠름과 느림을 제대로 판단하여 기본을 지키라는 말일 터다. 나에게 이 말은 운전할 때 기본을 상기시키는 것은 물론, 삶의 다른 분야에서도 기본을 지키는 것이 중요하다는 점을 떠올리게 한다.

안타깝게도, 빠름에만 집착한 채 오늘도 자신감으로 가득 찬 많은 경력 운전자가 전장(戰場)처럼 도로 위를 질주한다. 운전을 배울 때의 초심과 기본을 되새긴다면, 도로 위의 수많은 갈등이 조금은 사라지지 않을까 싶다. 그리고 그 깨달음은 비단 도로 위에만 국한될까!

목적지에서 돌아오는 자동차는 간선도로에서 빠져나와 혼잡한 구간으로 접어든다. 도로는 끝없이 늘어선 차량으로 빼곡하고, 그 행렬은 거대한 물결처럼 서서히 흐른다. 나도 자연스레 그 흐름에 합류한다. 드디어 아파트 주차장에 들어서고, 차는 슬금슬금 주차 자리를 찾아간다. 주차 후 언제나처럼 경쾌하게 울리는 "삑" 차 문이 잠기는 신호음을 뒤로하고, 여유로운 걸음으로 주차장을 빠져나온다. 이번 운행을 무사히 마쳤다는 안도와 감사한 마음이 이어진다. 그 감사함은 운전을 배울 때의 마음가짐을 잊지 않은 덕분에 생긴 것이라는 생각이 든다. 오늘 집에서 나올 때 마주쳤던 초보 운전자가 떠오르며, 문득 미안한 마음이 스며든다.

7

내 삶의 뿌리가 된 엄마의 사랑

안은희

엄마는 새벽잠이 없는 줄 알았다.

어둠이 채 가시지 않은 새벽, 엄마는 매일 밖으로 나갔다. 장독대 위 하얀 사발에 정화수를 떠 놓고 두 손을 꼭 모은 채 중얼거렸다. 아버지가 자주 아팠다. 정확한 병명은 모르지만, 시름시름 앓는 날이 많았다. 어려서 기억은 희미하지만, 아버지가 힘들어했던 모습만은 선명하다. 엄마는 아버지를 위해 몸에 좋다는 약을 구하러 어디든 달려갔고, 소문난 점집을 찾아다니며 희망의 실마리를 찾으려 했다. 어린 시절, 내 기억 속 아버지의 머리맡에는 늘 여러 종류의 약봉지가 있었다. 하얀 종지도 놓여 있었다. 엄마가 아침마다 들기름에 달걀노른자 띄워 아버지에게 드리던 작은 사기그릇이다.

내가 여덟 살 때다. 다섯 살 터울인 작은 언니와 함께 초등학교에 다니던 시절이었으니 분명 그 무렵이었을 게다. 그날도 새벽이었다. 엄마는 언니와 나를 급히 깨웠다. 무슨 영문인지도 모른 채 언니와 나는 엄마를 따라나섰다. 아직 주위는 깜깜했고 무서웠다. 엄마는 뭔가 가득 담긴 광주리를 머리에 이고, 한 손으로는 내 손을 꽉 잡고 말없이 걸었다. 언니는 반대쪽 내 손을 꽉 잡고 걸었다. 으슥한 외딴집을 지날 때 갑자기 개가 짖어댔다. 적막이 깃든 어둠 속, 개 짖는 소리가 유난히 크게 울렸다. 엄마 손을 더 꽉 쥐었다. 엄마의 발걸음도 빨라졌다. 엄마 손에 이끌려 길도 나 있지 않은 풀밭을 헤치며 지나갔던 기억이 어렴풋이 떠오른다. 도착한 곳엔 울긋불긋한 색깔의 천들이 나무에 걸려 있었다. 엄마는 나무 아래에 준비해 간 과일과 쌀, 술 등을 차려놓고 두 손 모아 기도를 했다.

그곳이 '성황당'이라는 사실을 알게 된 건 훨씬 더 자란 뒤였다. '성황당'은 마을을 지키는 서낭신을 모셔 놓은 신당으로, 마을 사람들이 가족들의 건강과 안녕을 기원하던 곳이었다. 그날 새벽, 엄마는 아버지의 병이 낫기를 간절히 바라며 성황당에서 기도하셨던 듯하다. 그때 엄마도 얼마나 무서웠으면, 왜 가는지도 모르는 철부지 두 딸을 데리고 갔을까? 그 기억을 떠올릴 때마다 가슴 한편이 저릿하다. 엄마는 할 수 있는 모든 방법을 동원해 결국 아버지를 살려냈다.

엄마는 여장부였다. 우리 집안의 모든 문제를 해결했다. 아픈 아버지를 위해 정성을 쏟으면서 우리 다섯 형제 뒷바라지와 집안 문제를 묵묵히 감당해

냈다. 그런 엄마의 모습에서 나는 강인한 힘과 깊은 사랑을 배울 수 있었다.

대학 3학년이 되던 해, 엄마가 건설업자를 데리고 왔다. 살고 있는 집터에 새집을 짓겠다고 했다. 그때 오빠와 두 언니는 타지에서 직장에 다니고 있었다. 집에 남아 있던 나와 여동생은 집을 짓는 일이 어떤 의미인지 알지 못했다. 엄마는 농사일하면서 직접 인부들 점심을 챙겼다. 밥을 산처럼 수북하게 담고, 광에 있던 반찬거리를 아끼지 않고 내놓았다. 몇 마리 되지 않는 닭을 잡아서 인부들에게 푸짐하게 대접했다. 우리가 설, 추석 명절 특별한 날에만 먹을 수 있는 닭고기였다. 특히, 업자에게는 특별한 것이라고 하면서 달걀노른자 띄운 들기름 종지를 따로 건넸다. 엄마는 업자와 인부들에게 최선을 다해주는 것이 내 집을 튼튼하고 멋지게 짓는 유일한 방법이라고 생각했던 것 같다. 매일 아버지한테 드렸던 들기름 달걀 종지도, 아픈 아버지를 위해 엄마가 할 수 있는 최선의 정성이었다는 것을 뒤늦게 알았다.

엄마는 업자와 계약서를 주고받을 줄도 몰랐다. 정성을 다했지만, 업자는 그런 엄마의 마음을 이용해 집을 허술하게 지어놓고는 사라져버렸다. 지어주기로 했던 담장도 마무리되지 않아서 이후에 엄마가 별도로 돈을 들인 것으로 기억한다. 엄마는, 당신이 정성껏 지어준 밥과 따뜻한 마음이 헛되이 느껴져 배신감과 허탈감에 한동안 앓아누웠다. 밥값도 별도로 받지 않고 인부들한테 대접한 거라고 했다. 철이 없었던 스물한 살의 나, 엄마에게만 의지했었던 지난 세월을 돌아보면 가슴이 저려온다. 혼자 동분서주하며 온갖 문제들을 감당해 냈던 엄마한테 너무 죄송하다. 엄마는 우리 가족의 추억이 오롯이 담긴 집터에 멋진 새집을 지어 자식들에게 물려주고 싶었을 게다. 나는 그런 엄마에게 힘이 되어주지 못했다. 엄마는 내색하지 않고, 언제나 씩씩했다. 그런 엄마의 모습이 철없는 내게는 당연해 보였지만, 지금 돌아보면 얼마나 힘들었을지 알 수 있을 것 같다.

엄마는 이 세상 분이 아니다.

언제나 든든한 버팀목이었던 엄마가, 2년 전 겨울에 우리 곁을 떠났다. 10년 전 아버지가 돌아가신 후, 당신이 손수 지은 집에서 홀로 살았다. 그러던 어느 날, 집에서 넘어졌다. 다리 골절과 뇌출혈이 온 엄마를 모시고 병원에 다녔지만, 끝내 요양원으로 모실 수밖에 없었다. 요양원에 들어간 지 며칠 지나지 않아 안면마비가 와서 제대로 식사도 할 수 없게 되었다. 요양사가 코에 콧줄을 삽입하고 음식을 공급했지만, 엄마는 답답해하며 콧줄을 자꾸 뺐다. 엄마에게 콧줄은 생명줄이었다. 그걸 빼면 안 되기에 요양원에서는 특별한 조치를 했다. 콧줄을 뺄 수 없도록 엄마의 양손을 침대 안전바에 묶었다. 손으로 콧줄을 빼려고 몸을 일으키며 안간힘을 썼다. 그때마다 엄마 손을 묶은 끈은 점점 짧아졌다. 더는 안 된다는 걸 아셨나 보다. 안간힘을 쓰던 엄마 손이 힘을 잃었다. 체념한 듯. 그 후로는 계속 잠만 잤다. 엄마가 젊은 시절, 아픈 아버지를 위해 새벽마다 기도하느라 제대로 주무시지 못했던 그 새벽잠을, 이제야 채우고 계신 듯했다. 엄마가 우리 곁을 떠난 재작년 겨울은 살을 에는 듯 추웠고, 유난히 길게 느껴졌다. 돌아가시기 직전, 마지막 힘을 다해 내 손을 꼭 잡아주던 엄마의 퉁퉁 부은 손을 잊을 수 없다.

　지난 설날, 엄마의 인생이 담긴 친정집에 다섯 형제가 모였다. 형제들의 아들, 딸, 사위, 며느리, 손주들이 다 모이면 30명이 넘는 대가족이다. 우리는 그룹을 지어 새해 인사를 나누었다. 먼저 다섯 형제 부부가 둥그렇게 서서 맞절한다. 형제간의 맞절이 끝나면 우리 형제들이 나란히 앉고 다섯 형제의 아들, 딸, 며느리, 사위들이 절한다. 다음은 손주들 차례다. 세배가 끝나면 상다리가 부러지게 차려놓은 음식을 먹는다. 올케언니의 솜씨가 엄마를 닮았다. 우리 형제는 부모님이 계시지 않아도, 서로 우애하고 의지하며 살아가자고 다짐했다. 엄마도 하늘나라에서 흐뭇하게 바라보며 마음으로 우리를 감싸주고 계시리라.

　엄마는 가족을 위해 어려운 상황에서도 흔들리지 않는 강인함을 보여주셨다. 그 희생과 사랑은 내 삶의 뿌리가 되었고, 지금도 나를 지탱해 주는 힘이다. 이제 나는, 엄마의 사랑과 헌신을 삶의 자양분 삼아 또 다른 하루를 준비한다. 엄마가 물려주신 그 가치를 지키며, 나도 누군가에게 작은 그늘이자 버팀목이 되어주고 싶다.

8

우물 안의 개구리가 나와야 한다

유윤희

"야! 우리가 반 분위기 흐린다고 네가 그랬다며? 우리가 언제 그랬는데? 억울해! 불만이 있으면, 우리한테 말하면 되지 왜 소문은 내고 그래!"

반에서 공부보다는 노는 것에 더 관심이 많은 삼인방 중 한 명인 조수아의 말이다.

고등학교 1학년 1학기가 끝날 무렵이다. 수아가 "하교 후 잠깐 얘기 좀 하고 싶은데."라며, 말을 걸어왔다. 수아와 늘 함께 다니는 두 친구는 영화 〈써니〉의 써니 무리처럼 놀기 좋아하고, 엉뚱한 친구들이었다. 어른의 눈으로 본 영화 속 아이들은 귀엽고 사랑스럽다. 하지만, 어린 시절 나의 눈에는 철없고, 공부 방해하는 성가신 아이들로 보였다. 담임선생님은 그 아이들에게 노래를 불러보라, 재밌는 얘기를 발표해 보라며 자유분방함을 방조하셨다. 나는 어릴 적부터 어른들의 관심과 사랑을 많이 받았다. 공부 잘하는 모범생이었다. '아니, 공부하는 우리는 안 챙기시고, 왜 저런 애들 편을 드는 거야?' 아마도, 관심이 나에게 집중되지 않아서 질투하고, 못마땅하게 여기는 맘도 컸던 것 같다.

하교 후 아이들이 빠져나간 교실은 어수선했다. 나는 교실 가운데 앉아 있었고, 앞쪽엔 3명의 무리와 무슨 일이 벌어질지 궁금해하는 친구가 몇 명 더 있었다.

희정이가 우리를 쭉 둘러보더니 "난 잘 모르겠다. 누구의 말이 맞는지. 여하튼 얘기 잘하고, 오해 풀어."라며 도통 알 수 없는 말을 쓱 던지고 교실을 나가버렸다.

그 친구는 그즈음 반 친구들을 모아놓고, 삼인방에 대해 이러쿵저러쿵 말이 많았던 친구였다. 나도 그 친구가 말할 때면 듣고 동감했다. 수아가 나를 앞혀 놓고 하는 말을 들어보았다. 교실에서 이뤄졌던 뒷말은 내가 주도한 것처럼 되었고, 정작 말을 만든 이는 우아하게 자리를 비운 상황이었다. 황당하고 어이가 없었다. 다른 이가 시작했지만, 나도 조수아 팀 애들이 교실 분위기를 불편하게 만들어 기분 나빴던 건 사실이었다. 희정이가 했다고 이르고 변명하면 유치하다 싶고 자존심도 상해서 인정하기로 했다.

"그래, 속상했다니, 내가 미안하다. 앞으론 너희 입장 생각해서 그러지 않을게."

말다툼을 시작해 사과로 마무리까지 20분도 채 걸리지 않았다.

집에 돌아와 2주 이상 많은 생각으로 머릿속이 복잡했다. 평상시에는 친구들이 공부에 관해 물어오고 필요한 조언을 구했다. 나는 남에게 필요한 사람이지 피해를 주는 사람이 아니었다. 왜 적극적으로 의사 표현을 하지 않았던가? 내가 주동자가 아니었다고. 자기들 잘못은 모르고 여럿이 몰려다니면서 자기 입장만 강요한 친구에게 화가 났다. 공부만 한다고 주변을 볼 줄 모르는 나의 고지식함을 이용해 누명을 씌우다니. 또 그런 애들에게 원하지 않던 사과까지 해서 마음이 힘들었다.

그때를 전환점으로 나는 나를 바꾸기로 했다. 주변을 돌아보지 않아 우물 안 개구리처럼 살던 내 틀을. 내 입장만 옳다고 생각하거나, 다른 사람이 내 의도를 오해하지 않도록 해야겠다고 생각했다. 내 생각을 전할 수 있도록 나도 주변 사람들을 알아가는 데 시간을 할애하기 시작했다. 남의 의견을 들어주었고, 정의롭지 않은 일에 같이 분노하고, 부당한 상황에는 맞서서 바로 잡으려 했다.

"과장님, 부장님이 자꾸 여직원들을 부장실로 부르세요. 신입 사원에겐 저녁에 가볍게 치맥을 하자고 했대요."

보수적인 금융권에서는 부하 직원을 100여 명 거느리고 있는 '부장'은 힘이 있는 사람이다. 1~2년을 임기로 부장은 바뀐다. 부장실은 높은 파티션으로 분리되어, 개인 책상과 손님 접대용 소파가 있었다. 대화 내용이 들리지 않지만, 부하 여직원과 얘기한다는 건 알 수가 있다. 새로 온 부장은 특이했다. 하루에 두세 차례 한 명씩 티타임을 하고 나온다는 걸 알았다. 업무가 바쁜 중견급 사원들이 아닌 막내 사원들 특히 여직원들이었다. 이런 상황을 이 대리가 전해주었다.

"이 대리, 회식 자리도 아닌데, 저녁에 따로 치맥이라니 직원들에게 거절하라고 해."

하지만 나이 어린 직원들은 그걸 말할 수가 없었던 모양이다.

"과장님 다음 주에 날짜를 잡았대요. 희수랑 미선이만 참석하라고 했고, 태준 씨도 데려간다고 했더니 거긴 따로 부르시겠대요. 이번엔 셋이서만 먹자셨다고, 희수가 불편해해요."

그런 자리를 갖게 되면 문제가 발생할 수 있겠다는 생각이 들어 팀장에게 도움을 요청했다. 어차피 팀장이 도와주지 않으면, 여직원회에 보고해서 문제를 해결할 생각이었다. 팀장 이상 윗분들은 그동안 벌어진 일을 눈치채지 못했고, 듣자마자 문제가 심각하다고 판단했다. 위에 보고하고, 즉시 조치했다. 회사에서는 부서원들을 상대로 면담도 하고 조사도 했다.

"업무가 많지는 않아?, 따로 취미 생활은 하고 있어? 그런데, 얼굴이 하얗고 이뻐서 친구가 많겠다."

"다리가 가늘고 길어서, 치마가 아주 잘 어울려서 좋겠다."

직원과 하는 대화에는 불편한 내용들이 있었다. 불쾌했으나, 인사권을 가진 부장에게 문제를 제기할 수 없었다. 직원들이 가만히 있을수록 점점 강도가 심해져 갔다. 한 여직원에겐 5만 원을 주면서 일주일에 두 번 커피 사서 오후에 오라고 했다. 직원은 아무에게 말도 못 한 채, 1년 동안 티타임을 했다고 했다.

결국, 모든 일에 대해 부장은 절차에 따라 소명했다. 본인은 직원들이 잘했으면 해서 마련한 격려 자리라며 억울하다 했다고 한다. 회사 임원이 여직원회 대표들을 모아놓고, 부장을 대신해 사과하는 자리도 있었다. 회사에서 정식으로 직원들을 보호해 준 건 감사한 일이었다. 모든 절차 후에 막내 희수와 이 대리가 나에게 말했다. 선배들에게 도움을 요청했는데 다들 참아야 한다고 해서 답답했는데 풀려서 다행이라고 했다. 이젠 사무실에서 괜히 맘졸이지 않아도 된다며 감사하다고도 했다.

"요즘 전화번호 목록에서 앞으로 연락하지 않을 사람들의 번호는 삭제하고 있어. 40대 이후에는, 주변 사람들이, 친한 사람과 멀어질 사람으로 나뉘진다고 하더라. 나의 남은 시간과 노력을 남겨질 친구들에게 집중해서 써야겠다는 생각이 들더라고."

며칠 전 친한 언니가 브런치를 함께하다가 했던 말이 생각난다. 아무래도 나보다 몇 년 더 산 언니의 말에 귀가 기울여진다. 40대가 넘으니, 새로운 계기로 만나는 사람들에게 친분을 쌓으려고 노력하는 일이 드물다. 나의 의견을 낮추고 상대방의 말에 귀 기울이는 노력을 하기에는 인내심이 부족하다.

하지만, 100세 시대인데, 과연 맞을까? 50대가 되기 전 모든 관계가 다 정리된다면, 남은 시간이 외로울지도 모른다. 가족 말고도 주변 사람과 더 관계를 잘 이어가고 싶다. 서로에게 선한 영향력을 끼치며 좋은 본이 되고 싶다. 어릴 때 사건을 계기로 관계 유지에 노력을 기울인다. 멀리 가고 싶으면 함께 가라는 아프리카의 속담이 있다. 함께하는 관계의 중요성을 잘 알고 있다. 살면서 사람이 힘이고, 의지처임을 여전히 확신하고 있다.

9

나도 쓸 수 있는 사람이었네

이경숙

　같이 책을 쓰자고 전화가 왔다. 인터넷으로 알게 된 대표였다. 뜬금없이 책을 쓰자니. 말도 안 되는 얘기였다. 나는 글을 못 쓴다고 거절했다. 그 대표의 글은 재미있었다. 전에 같은 단톡방에 자기가 쓴 글을 올려주었는데 다음 내용이 기다려지는 글이었다. 다들 다음 글 언제 올리냐고 성화였을 정도다. 도저히 흉내도 낼 수 없을 듯한 글이었다. 그런 사람과 함께 책을 쓴다는 건 무모한 일이 아닐까 싶었다. 글재주가 있는 특정한 사람만이 '쓸 수' 있다고 생각했기 때문이다. 글을 쓰고 책을 낸다는 건 상상조차도 해본 적이 없었다. 다음날에도 전화가 왔다. 생각해 봤느냐면서. 같이 쓰자고 또 말했다. 그래도 못하는 일은 할 수 없다고. 아무나 글을 쓰는 건 아니잖냐고 대답했다. 무슨 말이냐고, 글은 누구나 쓸 수 있다고 같이 써보자고 또 권했다. 누구나 쓸 수 있다고? 말도 안 되는 얘기를 한다고 생각하며 또 한 번

거절했다.

"원래 삼백오십만 원인데 이번만 특별히 이백만 원이래, 이런 기회 없어. 같이 쓰자, 응?"

마음이 조금씩 움직였다.

"저 돈 없는데요."
"카드도 된대. 할부도 된다던데?"

할부가 된다는 말에 넘어갔다. 사람들은 나에게 귀가 얇다고 한다. 나도 그런 생각이 들 때가 많다.

그 대표의 손에 이끌려 책 쓰기 수업에 들어갔다. 일주일에 한 번 수업 듣고, 8주 만에 책 한 권 출간하는 수업이라고 했다. 물리적으로 계산해 보니 가능할 것 같았다. 하루에 한 꼭지씩 쓴다면 못할 것도 없겠단 생각이 들었다. 하지만, 이론 수업만 들으며 실제로는 어떻게 써야 하는지 막막했다. 글이란 걸 써보지 않았지만 쓸 수 있는 묘한 방법이 따로 있지 않을까 싶었다. 아니었다.

수업을 들으면서, 글은 언제 쓰느냐고 묻고 싶었다. 왜 이론 수업만 하나 생각하면서. 언제부터 쓰는 걸까? 그렇게 3주쯤 지나고 "글은 언제 써요?" 하고 질문했다. 그러자 선생님은 아직 안 쓰고 있냐고 되물었다. 그때부터 한 꼭지씩 거북이 달리기하듯 썼다. 무슨 말을 쓰고 있는지도 모르겠고, 맞게 썼는지 자신도 없었다. 그냥 썼다.

　스스로 글을 못 쓴다고 생각했다. 중학교 1학년 때부터다. 방학 숙제로 독후감을 써야 했는데 도저히 쓸 수가 없었다. 내용을 간추리느라 동생에게 읽은 책을 여러 번 이야기로 들려주었다. 내용은 어찌어찌 쓸 수 있을 거 같았다. 그런데, 내 느낌이나 생각은 도대체 어떻게 써야 할지 알 수가 없었다. 몇 날 며칠을 고민해도 안 되었다. 결국 개학 전날 집에 있는 학생 문집을 베껴서 냈다. 중학교 1학년 때 중3 학생이 쓴 독후감을. 기억이 나진 않지만 아마 혼났을 거다. 400명이 넘는 같은 학년 학생 중에 나만 그러진 않았을 거니까. 그 문집은 학생이 있는 집이라면 거의 모두 있는 책이다. 같은 독후감이 여럿 있었을 것이다. 혼나지 않는 게 이상할 일이었다.

　그 후로 나는 글을 못 쓴다는 꼬리표를 스스로 달고 다녔다. 학교에서 백일장이 있어도, 국어 숙제로 글을 써오라는 과제가 있어도, 죽을 맛이었다. 심지어 대학에서 문학 과목 숙제로 글을 써오라고 하면 나는 글을 못 쓰는데 이번 학기에는 학점 제대로 받기 틀렸다고 생각했을 정도였다. 그랬던 나였지만 그래도 글이 좀 써진다고 느꼈던 적이 있다. 고등학교 1학년 때, 학교 대표로 수련회(?)에 참가한 적이 있었다. 친구와 같이 갔는데, 외부 행사로 다녀온 터라 보고서를 작성해서 내라고 했다. 한 명만 쓰면 된다고. 그 친구가 나에게 쓰라고 했다. 시간순으로 쓰기만 하는 거여서 생각보다 어렵지는 않았다. 우리가 겪은 일을 있는 그대로 적기만 하면 되었으니까. 못 쓰는 실력이었지만 그런 글은 쓸만하다 싶었다. 그 후로도 몇 번 내가 겪은 일을 쓸 때는 그냥 쓰기도 했었다.

대학 졸업 후 바로 취직하지 못하고 부모님이 짓는 농사일을 거든 적이 있다. 기계를 잘 다루는 아버지는 여러 농기계를 가지고 계셨다. 모내기하려고 논바닥을 가는데 기계가 고장 났다. 어지간한 고장은 아버지 혼자 고치시는데 그때는 안되는 모양이었다. 읍내로 고치러 가셨다. 농번기라 수리하는 일이 많이 밀려서였는지 자정이 넘은 시간에야 돌아오셨다. 컴컴한 산길을 통해서 돌아와야 했는데 어떻게 오셨을까 싶었다. 저렇게 애쓰고 고생하면서 오빠와 나를 가르치셨는데 내가 이러고 있어도 되나 싶은 마음에 아버지께 죄송했다. 그냥 넘어가기 힘든 날이었다. 뭐라도 적지 않고는 잠을 이룰 수 없었다. 그 당시 인기 있던 라디오 프로그램인 '별이 빛나는 밤에'에 그 글을 보냈다. 원고가 채택되었다. 내가 쓴 내용 중 상당 부분이 고쳐진 채로 방송에 나왔다. 기분이 좋진 않았다. 역시, 나는 글을 못 쓴다는 생각이 또 들었다.

다시 쓰는 내 인생의 페이지

50이 넘은 나이에 학원을 인수해서 운영했다. 매월 발행하는 수강료 고지서가 문제였다. 양식도 모르겠고 문장은 또 어찌 써야 하는지 통 알 수가 없었다. 남편에게 도와달라고 했다. 그게 뭐가 그리 어렵냐며 뚝딱 만들어 주었다. 저리도 쉬운 일인데 왜 나는 안될까 싶었다. 믿는 구석이 있으니 써보고 싶지도 않았고, 못 쓰는 글 실력을 들키고 싶지도 않았다. 무려 8년간이나 매월 남편 손을 빌렸다. 회사 일이 바빠도 월말쯤 수강료 고지서를 작성해 달라고 부탁하면 하루 이틀 지나서라도 만들어주곤 했다. 그 일은 내가 할 일이 아닌 듯 늘 남편이 대신했다. 학원 운영은 내가 했는데도. 매월 서너 줄만 쓰더라도 8년이면 무려 100번에 가까운 글 쓸 기회였는데 그걸 버렸다는 걸 요즘에야 깨달았다.

8주간 책 쓰기 수업을 듣고 나서 내 손에 들린 원고는 달랑 예닐곱 꼭지. 40꼭지가 모여야 책이 되건만. 그건 하지 않음만 못했다. 글을 못 쓴다고 아예 포기했을 때는 아무렇지도 않았건만 돈도 들이고 8주씩이나 시간도 들였는데, 이도 저도 아닌 게 속상했다. 그 수업이 끝난 며칠 후에 자이언트 라는 곳에서 책 쓰기 수업을 한단 얘길 들었다. 무료 특강도 들어보았다. 이런 방식으로 하는 수업이라면 나도 책을 쓸 수 있을 것 같았다. 특강을 듣자마자 등록했다. 8주짜리 수업 듣던 카드 할부도 아직 끝나지 않았는데, 다시, 긁었다.

스스로 글을 쓸 줄 모른다고 생각했다. 하지만, 기회가 되니 나도 할 수 있는 사람이란 걸 알게 되었다. 초고는 잘 쓰지 못할 수도 있다. 글 쓰는 사람에게는 퇴고라는 든든한 무기가 있다. 그 무기를 활용하면 누구라도 쓰는 사람이 될 수 있다. 내가 가진 능력은 나도 모른다. 나에게 그 능력이 있는지를 알아보아야 알 수 있다. 바로, 직접 해보는 거다. 나에게 책을 쓰자고 말해준 사람이 없었다면 지금도 나는 글을 못 쓰는 사람이라고 스스로 말하며 시도조차 하지 않았을지도 모른다.

"시도하고 실패하라. 하지만 시도하는 거에 실패하지는 마라."는 말이 있다. 내가 정말 못한다고 생각하는 일이라면 한 번은 도전해 봐야 한다. 이번엔 그림 그리기일지도 모르겠다. 그림 앞에서는 늘 작아졌다. 오빠는 화가였는데, 너도 잘 그릴 수 있다고, 가르쳐 주겠다고 말했었다. 그런 오빠가 있었기에 언젠가는 어설프게라도 붓을 놀려 보아야겠다. 지금은 먼 길 떠나서 나에게 가르쳐줄 오빠는 없지만…. 시도하고 실패하더라도 시도에 실패하지 않기 위해서.

다시 쓰는 내 인생의 페이지

10

내 편이라 부를 수 있어 행복하다

이성애

두 손으로 힘껏 밀었다.

와장창!

부모님께 배웠다고는 하지만 가풍이 다른 집, 살림이 꽤 큰 집에 시집가서 얼떨떨하던 신혼 때 일이다. 식구들이 저녁 식사를 마치고 설거지까지 끝난 지 한참이나 지났다. 어찌 된 일인지 남편은 방에 들어오지 않았다. 새색시라 큰 소리로 부르지도 못하고 두리번거렸는데 뒤꼍에서 소리가 들렸다. 내가 결혼한 1974년도에 시집은 전기도 들어오기 전이다. 뒤꼍으로 가려면 대문을 열고 밖으로 나가 빙 돌아가야 하니 춥기도 하거니와 어두워서 싫었다. 마침, 마루에 뒤꼍으로 나가는 문이 있기에 밀었다. 얼른 열리지 않아 두 손에 힘을 주었다. 문을 너무 세게 밀었는지 꿍 하면서 뭐가 구르는 소리가 났다. 열린 문으로 내다보니 고추장 항아리가 굴러떨어진 거였다. 나와 남편은 눈앞에 벌어진 일에 뭘 어찌해야 할 줄을 모르고 엎어진 고추장 항아리를 쳐다만 봤다. 정신을 차리고 치워 보려는데 고추장을 퍼담아야 할지 깨진 항아리 조각을 치워야 할지 몰라 쩔쩔맸다. 그때 남편이 내 등을 밀었다. 빨리 안으로 들어가란다. 여기 일은 자기가 알아서 할 테니 방에서 나오지 말라고 했다. 겁이 났다. 남편이 시키는 대로 할 수밖에. 시집온 지 며칠 되지도 않은 새색시가 고추장 항아리를 깼으니 말이다.

내가 방으로 들어간 걸 확인한 남편은 안방 쪽에다 대고 "엄마! 엄마!" 소리쳤다.

그 소리를 들은 시어머니는 "아니, 왜 이렇게 엄마를 불러 대! 장가까지 간 놈이 누가 보면 숨넘어가는 줄 알겠다." 하며 뒤꼍으로 뛰어갔다. 그러곤 멀쩡히 있는 항아리를 왜 깼느냐며 야단치는 소리가 들렸다. 남편은 천연덕스럽게 잘도 둘러댔다. 새벽에 방이 추울 거 같아 아궁이에 나무 몇 토막 더 넣으려고 장작을 패다가 장작개비가 저기로 날아갔다고 했다. 그 말을 들은 시어머니 말씀이 더 가관이다.

"아이고, 얘야, 새아기 알면 이게 무슨 망신이냐. 고추장 항아리가 장독대에 있어야 하는데 햇볕 좀 쬐려고 여기 놔뒀다가 이런 사달이 벌어졌네!"

우리가 피워야 할 야단법석을 대신 떠셨다.

남편과 나는 스물두 살 어린 나이에 결혼했다. 남편도 어리기 매한가지인데 자신이 고추장 단지를 깼노라고 둘러댔다. 어려운 상황을 덮어주고 내가 잘못한 것을 뒤집어써 주었다. 그 사람이 바로 내 남편이다. 그날 이후 '남편'이 '내 편'이 되었다.

한번은 이런 일이 있었다.

모처럼 백화점에 갔다가 등산용 점퍼가 눈에 들어왔다. 이 옷을 입고 산에 가면 눈에 확 띌 것 같고 옷 잘 입는 멋쟁이 등산객이라며 주위의 부러움을 살 거 같았다. 그 상품은 고어텍스의 기능이 있었다. 고어텍스는 밖에서 들어오는 수분은 막아주고 안에서 나는 땀은 쉽게 배출해 준단다. 등산하는 사람들에게 최적화된 제품이라 할 수 있다. 기능도 기능이지만 노란색 옷에 까만 줄의 체크 무늬여서 마음에 쏙 들었다. 고어텍스이면서 신상품이라 가격도 여느 옷보다 두세 배는 비쌌다. 정확한 가격은 생각나지 않지만 비싸서 몇 번을 만지작거리며 망설이다가 사버렸다. 안 사고 오면 계속 눈에 밟힐 거 같아서였다. 집에 와서 자랑했다. 가격을 본 아이들이 기겁했다.

"엄마, 이 옷을 이 돈 주고 샀다고? 엄마가 엄홍길이야? 히말라야라도 갈 거야?"라며 당장 바꾸란다. 그 돈이면 옷 몇 벌이나 더 살 수 있다며 엄마를 세상 물정 모르는 사람 취급했다. 옆에서 지켜보던 남편이 한마디 했다. "엄마가 사온 옷을 왜 너희가 바꾸라 마라 해. 엄마가 좋아서 산 거니까 내버려 둬. 내가 봐도 이쁘기만 하고만." 이렇게 내 편을 들어주었다.

새벽 네 시 반 우리 집이 깨어나는 시간이다. 아침 밥상을 거나하게 차려야 한다. 남편이 든든하게 식사하고 일터로 나가도록 돕는 게 내 일과 중 가장 큰 일이다. 종일 농장에서 일하고 운동까지 마친 후 저녁 열 시가 넘어서야 귀가한다. 그런 까닭에 아침 밥상머리가 우리 부부가 얘기 나눌 수 있는 유일한 시간이다. 고맙게도 새벽 여섯 시 전인데도 밥 한 그릇씩 뚝딱 해치운다. 식사를 마치고 서둘러 나가는 남편에게 한마디 한다. "여보, 오늘은 비가 오니 좀 쉬었다 나가요." 들었는지 못 들었는지 문밖으로 휭 나가 버린다. 조금 쉬었다 나가도 되련만 늘 한결같다.

2025년 을사년 정월 열아흐렛날에 금혼식을 치른 우리는 73세의 노부부가 되었다. 시간은 얼굴에 주름을 새기고 머리를 희게 만들었지만, 마음만은 변하지 않았다. 자식들이 모두 장성해 각자의 삶을 살아가는 지금, 큰 집에는 둘만 남았다. 나이가 들수록 더 잘 챙겨 먹어야겠기에 아침밥을 준비하는 시간은 여전히 나에게 소중하다.

정성껏 차린 밥상 앞에서 나누는 대화는 내 삶의 에너지이자 행복이다. 가끔 고추장 항아리 사건이 떠오를 때면 슬며시 웃음이 비어져 나온다. 그리고 다시 깨닫는다. 남편과 나의 이인삼각 경기는 계속 순항 중이라는 것을.

| 권경애 |

"○○야, 오늘도 나답게 살아보자. 느려도 괜찮아, 중요한 건 나를 믿는 거야." 진짜 '나'를 알아가는 여정은 남과 비교하지 않고, 나의 속도를 존중하는 것에서 시작됩니다. 당신의 하루가, 그리고 당신이라는 존재가 충분히 빛나고 있습니다.

| 권미숙 |

살다 보면 참기 힘든 십자가가 있다. 그러나 고난으로 찾아온 십자가 길이 결국 변장하고 찾아온 축복이었다. 비바람을 견딘 나무가 더 깊이 뿌리 내리듯, 삶의 어려움을 통해 우리 부부는 점점 성장하게 되었다.

| 김성숙 |

나의 20대는 빚더미에서 허우적댔다. 항상 위기였다. "하늘이 무너져도 솟아날 구멍이 있다."라는 속담을 좌우명으로 삼았다. 인생은 멘탈 게임이라고 생각한다. 나는 긍정적인 사고로 위기를 극복하며 살고 있다.

| 김주하 |

말은 생각보다 영향력이 크다. 즉, "말이란 내뱉으면 돌아오지 않는다."라는 말도 있듯이 말을 어떻게 사용할지에 대해 깊이 고민하게 만든다.

| 박찬홍 |

바쁜 일상에서도 잠시 멈춰 자신을 돌아보는 시간이 필요하다. 멈춤의 지혜와 좋은 멘토와의 만남은 인생의 방향을 바꾸는 전환점이 된다.

| 백오규 |

빨리 달리는 속성을 가진 자동차는 빠를 때와 느릴 때를 지키는 것이 필수다. 인생에서도 마찬가지, 빠름과 느림의 균형을 맞출 때 비로소 본 모습을 찾는다.

| 안은희 |

내 삶을 지탱해 준 엄마의 사랑처럼, 나도 누군가에게 작은 힘이 되어주고 싶다. 때로는 조용한 위로가 되고, 때로는 기댈 수 있는 어깨가 되어, 누군가의 하루를 따뜻하게 감싸줄 수 있는 사람.

| 유윤희 |

함께하는 삶의 중요성을 깨닫고 주위 사람들과의 인연을 소중히 하자. 우물 안의 개구리처럼 주변을 보지 못하면 나를 이해시키지 못해 외로워질 수 있다. 선한 영향력을 펼치며 사랑하고, 위로하는 삶을 살고 싶다.

다시 쓰는 내 인생의 페이지

| 이경숙 |

"시도하고 실패하라. 하지만 시도하는 거에 실패하지는 마라."는 말이 있다. 내가 정말 못한다고 생각하는 일이라면 한 번은 도전해 봐야 한다.

| 이성애 |

세월이 흘러도 '남편'은 항상 '내 편'이 되어 변함없는 사랑을 보여준다. 내 삶의 에너지이자 행복은 멀리 있는 것이 아니라 옆에 있는 내 편이다.

2장

인생 2막을
찾아가다

여정의 갈림길에서
선택한 도전

중심을 찾은 팔랑귀

권경애

거절하지 못하고 남이 좋다고 하면 줏대 없이 휩쓸렸다. 깊이 생각하지 않고 행동했다. 좋아하는 사람의 부탁이면 앞뒤 없이 "그래." 하고 본다. 그날도 그랬다.

"요즘 얼굴이 안 좋아 보여요. 무슨 일 있으세요?"

감사 일기 프로그램에서 만났던 이선희 선생님이다. 온라인에서 자기 계발을 시작했으나, 뒤처졌다. 새롭게 시작한다는 사실과 배우는 것은 좋았지만, 어떻게 이어가고 무엇을 해야 할지 몰랐다. 그러한 상황에서 받은 연락이라 더 반갑고 고마웠다.

"배우는 것은 좋은데 온라인에서 습득한 것으로 무엇을 할 수 있을지 모르겠어요. 직업을 갖는 것이 낫지 않을까? 좋아하는 일만 해도 되는 걸까? 이런저런 생각만 많아져요."

"배우는 것도 좋지만 대학에 가는 건 어떠세요? 사회에서는 졸업장이 많은 도움이 될 거예요. 자녀들도 있으니 청소년 교육학과가 좋을 것 같아요."

내 얘기를 한참 듣더니 대학교에서 공부하는 것을 권하셨다. 뭔가 솔깃했다. 좋아하는 사람의 말이라 더 끌렸다. 하지만 잘할 수 있을까 걱정되었다. 남편에게 한국방송통신대학교 편입에 관해 얘기하니, 원하면 해보라고 했다. 남편의 말에 힘입어 2학년으로 편입했다. 해버렸다! 방송대는 온라인으로 공부하기 때문에 입학은 쉬워도 졸업은 어렵다고 한다. 그래서 지역마다 함께 공부할 수 있는 스터디 모임이 있다. "빨리 가려면 혼자 가고 멀리 가려면 같이 가라."는 격언은 방송대에 어울리는 말이었다. 혼자가 아닌, 함께 의지하고 공부할 수 있는 환경을 선택했다. '일파 스터디'라는 일산 · 파주 지역의 모임에 가입하여 본격적으로 공부를 했다. 또 방송대 편입과 동시에 코칭도 배우게 되었다.

"제가 이번에 코칭 강의를 시작했어요. 같이 하시죠?"

이 선생님의 한마디에 코칭이 뭔지도 모르고 '배우면 좋겠지.'라는 생각에

다시 쓰는 내 인생의 페이지

팔랑귀가 작동한 것이다. 코칭은 질문을 통해 상대방이 스스로 답을 찾고 성장할 수 있도록 돕는 과정이다. 답을 주는 게 아니라, 코칭을 받는 사람이 자기 안에서 답을 찾을 수 있도록 도와준다. 답을 찾게 하려면 질문을 해야 한다.

"문제를 풀기 위해 중요한 것은 내 사고방식을 유지하는 것이 아니라, 새로운 질문을 던지는 것이다."라고 알베르트 아인슈타인이 말했다.

혼자서는 한참이 지나도 풀지 못하는 문제들도 타인의 관점이 더해지면 쉽게 풀릴 때가 있다. 이때 사용되는 장치가 질문이다. 질문은 단순히 정보를 얻는 수단이 아니라, 사고를 확장하고, 사유할 시간을 주고, 시야를 넓혀 가능성을 발견하게 하는 도구이다. 질문이라고 하면 '왜?'라는 말부터 하게 되지만 '왜'라는 말을 들으면 취조당하는 기분이 든다. '왜' 보다 '어떻게'나 '무엇'의 관점으로 질문하는 것이 더 좋다. 그리고 상대의 관점도 존중해야 한다. 상대의 관점을 존중해야 한다는 지점에서 나의 행동이 보였다. 가족과 대화할 때 그들의 의견을 듣는다고 생각했다. 하지만 내가 옳다는 착각과 아이들의 시행착오를 줄이고 싶다는 성급한 마음이 앞섰다. 그래서 말을 들어주기보다는 답을 알려주기에 급급한 모습이 떠올랐다. 상담과 심리 과목을 들으면서 나를 되돌아보게 되었다. 급한 성격으로 섣부른 판단을 했고 먼저 감정을 쏟아 냈다. 그런 나의 행동을 인지하니, 상대를 이해하는 마음도 생겼다. 배움을 통해 성장하고 있었다.

　어느 날 참여하고 있던 독서 모임 리더가 NLP(Neuro Linguistic Programing)에 관해 말했다. 아이들을 키울 때, 책에서 NLP에 관한 내용을 읽은 적이 있어서 관심이 갔다. 이런! 또 팔랑귀. 배워야겠다. 줌으로 수업한다기에 시작하고 말았다. 그런데 다른 수업들과 달리 줌으로 들으려니 여간 답답한 게 아니었다. 하지만 서울도 아니고 창원에서 하는 수업이라 쉽게 갈 수가 없었다. 그런데, 함께 수업을 듣는 멤버 중 한 분이 집이 김포인데 비행기로 간다고 하였다. '그래? 그럼 나도 한번 가볼까? 한번은 가볼 수 있잖아.' 하며 단순한 생각으로 파주에서 창원까지 당일 수업을 들으러 갔다. 그게 시작이 되어서 파주와 창원으로 오가며 남은 수업 네 번을 들었다. 지금 생각해도 내가 어떻게 할 수 있었는지 모를 일이다.

　NLP란 신경 언어 프로그램으로 사람의 생각과 말을 연구해서 더 좋은 방향으로 행동을 변화할 수 있도록 돕는 프로그램이다. NLP는 코칭에도 많이 쓰는 기법이다. 생각을 바꾸고 말을 바꾸면 긍정적인 행동으로 이어지게 된다고 가르친다. 하지만 습관적인 생각을 바꾸기란 쉽지 않다.

　강사는 "생각은 내가 아니다. 생각은 내가 한다. 나는 생각의 주인이다." 라고 말했다. 즉 생각은 얼마든지 내가 만들어 쓸 수 있는 것이다. 다만 자동적인 사고로 행동하기에 의식적인 노력이 필요했다. 먼저 내가 자주 쓰는 말이나 생각을 알아야 했다. 주로 쓰는 것이 무엇인지 알아야 바꿀 수 있었다. 나의 팔랑귀도 습관적인 사고에서 비롯되었다는 사실을 알게 되었다. 팔랑귀와 함께 오는 문장은 "안되면 그만두지. 뭐!"였다. 최선을 다하기보단 회피하려 한다는 것을 알게 되었다. 고치려고 노력했다. 배움을 선택했기에 많은 것을 알았다.

'빨리 가라, 제발 얼른 지나가 버려라.' 24년도 연말 나의 주문이었다.

마흔을 넘기면서는 나이 드는 것이 싫어 시간이 천천히 가길 바랐다. 하지만 24년도의 연말은 빨리 지나가길 간절히 원했다. 아니길 바랐던 남편의 실직은 2024년도에 가장 먼저 찾아온 소식이었다. 든든히 버텨주던 남편이었기에 쉽게 받아들일 수 없었다. 하지만 20년 동안 가정을 위해 묵묵히 일한 사람이고, 결정하기까지 많이 고민했을 터라 남편의 선택을 믿었다. 하지만 "긴 병에 효자 없다."라는 말처럼 실직 기간이 길어지니 지쳐만 갔다. 소파와 한 몸이 되어 누워 있는 남편을 보면 '저러다 영영 취업 못하면 어떡하지?'라는 불안감이 생겼다. 두려움 속에서 남편의 실직을 바라보는 나, 그리고 그런 시선을 묵묵히 견뎌야 했던 남편. 부정적인 생각에 짓눌리며 모두에게 힘든 시간이었다. 지나고 보니 그동안 공부하길 잘했다는 생각이 들었다. 공부하지 않았다면 불안한 마음을 남편에게 고스란히 표출하며 자주 다퉜을 것이다. 많은 시간을 도서관에서 보내며 두려움의 원인을 떠올려 보았다. 일거수일투족 감시당하는 느낌이 들어 불편한 마음이 계속 올라왔다. 자유롭지 못했다. 남편이 매일 집에 있는 것이 힘들게만 느껴졌다. 상황이 도와주지 않는다는 생각에 억울하기까지 했다. 왜곡된 생각이 나를 더 힘들게 만든 것이다.

이젠 나에게 묻는다.

"무엇이 불편하고 힘들어?"

질문하며 답을 찾는다. 질문으로 내면 깊이 숨어 있는 불편한 마음을 마주하며, 나 자신을 있는 그대로 인정한다. 그때야 비로소 고요함이 찾아왔다. "생각의 주인은 나다."라는 말은 어느 상황 속에서도 '상황을 주도하는 것은 나다.'라는 말로 이해했다. 실직했다는 상황은 변하지 않았지만, 실직으로 시련의 의미를 알게 되었다. 평안하게 살 수 있던 환경에 감사했고, 더 늦은 나이가 아닐 때 실직한 남편을 위로할 수 있었다. 외부로 시선을 돌리지 않고, 회피하지도 않으며 오늘을 살아가는 내가 되었다. 팔랑귀였던 내가 이제는 중심을 찾아가고 있다. 한 뼘 더 성장할 수 있었다. 배웠기에 가능했다.

다시 쓰는 내 인생의 페이지

꿈을 담그고 싶었다

권미숙

남편 사업이 망하고 난 뒤 사업장에서 돌려받은 보증금으로 미처 정산하지 못한 직원들 퇴직금은 해결했다. 교통비도 걱정해야 할 정도로 지갑은 텅 비어갔다. '앞으로 어떻게 살까?' 날마다 걱정하느라 입맛이 떨어졌다. 헬렌 켈러는 "한쪽 문이 닫히면 다른 쪽 문이 열린다."라고 했다. 그런데 나는 닫힌 문만 오랫동안 쳐다보느라 다른 문이 열릴 것을 기대하지 못했다.

어느 날, 아무 생각이 없는 내가 보였다. 겨우 정신 차리고 냉장고에 넣어둔 무청 시래기를 꺼내 된장 한 국자 넣어 바락바락 주물렀다. 쌀뜨물 대신 쌀도 담가 들깨와 함께 갈아 체에 밭치자 베지밀처럼 걸쭉한 액체가 쏟아졌다. 멸치 한 줌을 넣어서 바글바글 끓였다. 오랜만에 된장으로 끓인 시래깃국에 밥 한 공기 말아서 싹 비웠다.

푼돈이 아쉬워, 눈 감고 활짝 웃고 있는 빨간 돼지 저금통도 찢었다. 아들 친구 엄마 소개로 빨간펜 학습지 상담교사를 시작했다. 다행히 아이들에게 필요한 학습지와 전집을 구매해 준 지인도 있었다. 그러나 자주 만나지 못했던 지인을 찾아가면 미리 연막을 쳤다. 장사도 안 되는데 잡상인들이 자주 찾아와서 귀찮다며 먼지떨이로 진열된 상품만 요란스럽게 쳐댔다. 오랜만에 찾아간 지인에게 먼지떨이 세례를 받고 안부도 제대로 묻지 못하고 나와 버렸다. 결혼으로 경력이 단절된 가정주부가 쉽게 도전해 볼 수 있었던 영업, 그러나 가장 극복하기 어려운 자존심으로 실패하고 말았다.

고정적인 월급을 받을 수 있는 직장을 알아보기 위해 날마다 '벼룩시장'을 가져왔다. 깨알 같은 글씨로 구인·구직이 빼곡한 정보지였다. 마침 집 앞 십여 분 거리에 있는 대형 H 학원에서 상담교사를 모집했다. 학원에 전화했다.

"벼룩시장 보고 전화드렸습니다. 그런데 제가 나이가 좀 많거든요."
"지금 몇 살이요?"
"삼십 대 후반입니다."
"나는 지금 육십인데 와보기나 하세요."

살아가면서 경험은 무엇이든 소중하다. 가정 형편이 나락으로 떨어진 환경에서 아이들이 심하게 사춘기를 겪고 있던 시절이었다. 그래서 특기란에 사춘기 자녀들을 돕는 '독서요법'이라고 적었다. 십 대 아이를 키우고 있는 주부가 학원에 필요한 인력이라며 원장도 좋아했다.

직장 도전은 성공이었다. 단과, 종합, 재수생반까지 있는 대형학원으로 개강 초가 되면 접수하느라 줄이 길게 늘어섰다. 가끔 원하는 만큼 자녀 성적이 오르지 않는 학부모들이 나에게 분풀이할 때도 있었다. 그때마다 다달이 학원비 납부한 만큼 자녀들 성적이 오르지 않은 속상함을 하소연하는 거라고 받아들였다. 그만큼 여유가 생겼다. H 학원에서 근무한 경력을 시작으로 그때부터 줄곧 학원가에서 상담 실장으로 이십 년 넘게 밥 먹고 살았다.

올해도 순천 형님 집을 다녀온 남편이 고추장, 된장, 꿀 한 통을 들고 왔다. 시어머니께서는 생전에 된장, 간장, 고추장을 맛있게 담그셨다. 형님은 된장 담그는 어머님의 비법을 잘 배웠다. 가을걷이가 끝나면 메주 쑤고 만들어서 띄울 때부터 시어머니는 갖은 정성을 들였다. 며칠 동안 메주 띄운 방에서 함께 주무시며 잠에서 깨면 "우리 아까운 새끼들이 묵을 것인디…." 수시로 다독다독해 주었다. 봄이 되면 된장과 장을 가르고 햇볕에 발효시켜 자식들에게 나누어주셨다.

초여름이 되자 햇감자와 애호박을 숭숭 썰고 마지막에 청양고추 넣어 된장찌개를 끓였다. 맛을 본 이웃들은 상품으로 만들어도 되겠다며 엄지척했다.

나이 오십 중반이 되어 가니 마음에 여유가 생긴 것일까? 큰맘 먹고 콩

한 말로 쑨 메주 네 덩이를 샀다. 메주 한 말, 소금 6kg, 물 1.8L 스무 병을 붓고, 소금물 풀고 달걀을 띄웠더니 동전 오백 원 크기만큼 달걀 윗부분이 보였다. 염도가 딱 맞는다. 불순물 가라앉히고 항아리 밑에 다시마를 깐 후 메주도 차곡차곡 넣고 소금물을 부었다. 숯과 대추, 마른 고추도 맨 마지막에 넣었더니 항아리에 꽃이 핀 듯하다.

간장 담그고 나니 학원에서는 일 년 중 가장 바쁜 신학기가 시작되었다. 신입생도 많이 들어오는 시기로 각 반 새 교재와 담임도 바뀌고 차량 시간표도 변경되었다. 그러는 새 한 달이 훌쩍 지나갔다.

드디어 50일이 되어 간장을 가르는 날이 되었다. 소금물은 간장으로 메주는 된장으로 따로 나누는 일이다. 항아리에서 메줏덩이를 건지는데 장에 불은 메주가 부서지면서 검은 물이 주르르 쏟아졌다. 메주 속도 검게 썩어 있었다. 라면 끓이기보다 쉽다는 말만 듣고 처음 담근 된장은 실패했다. 물론 간장까지도.

다음 해 다시 도전했다. 메주도 좀 더 비싼 것으로 샀다. 신문지에 불을 붙여 항아리에 넣어 소독도 했다. 숯도 가스 불에 구워 막 담근 장에 넣자마자 치치칙 소리를 내며 담배 연기만큼 품어내더니 사라졌다. "모든 농사는 주인 발자국 소리 듣고 자란다."라는 옛말이 있다. 간장도 안주인 발자국 소리 들어야 잘 익어가나 보다. 출근하기 전, 햇볕에 뜨거워진 항아리 뚜껑을 열고 '잘 익어가고 있지?' 인사를 자주 건넸다. 50일이 되어서 마침 간장 가르는 날이 왔다. 간장은 간장대로 된장은 된장대로 갈랐다. 양조장에서 술밥을 자주 주물렀던 남편이 이때 솜씨를 발휘한다. 메줏덩이를 덩어리 없이 잘 주무르고 치대서 항아리에 꼭꼭 눌러 담았다. 간장도 좀 더 진한 아메리카노 커피색이다. 앞으로 햇볕이 반은 먹고 나머지는 우리 몫이다. 햇볕에 달궈져야 간장이 진하고 맛있게 익어간다. 처음으로 간장과 된장 담그기에 성공한 것이다. 그 후 십 년 넘게 지금까지 간장, 된장을 담가서 먹고 있다.

남편 사업이 망한 후, 시어머니께 된장 담는 법을 배워 사업하고 싶었다. 옛날 양조장을 경영했던 시집이라 넓은 장독대에 큰 항아리도 제법 많았다. 형제들에게 이야기했더니 다들 시큰둥했다. 한마디로 우리 부부가 미덥지 못한 모양새였다. 자식들 나누어 줄 메주만 쒀도 만만치 않은 일인데 사업을 하겠다니 다들 손사래를 쳤다.

가끔 햇볕에 반짝이는 항아리가 넓은 마당을 가득 채운 채, 줄지어 서 있는 한옥을 볼 때가 있다. 비록 가지 못했지만, 그 길은 내 마음속에서 여전히 빛나고 있다. 때로는 가지 않은 길도 우리를 이루는 일부가 된다. 그 길이 없었다면 지금의 내가 될 수 있었을까? 우리가 선택하지 않는 길도 우리 안에서 조용히 숨 쉬고 있다. 그 길은 사라지지 않는다. 개량 한복 입고 앞치마 두른 또 다른 모습으로 내 안에 남아 있다.

덕분에 공인중개사가 되었다

김성숙

　부동산 일 시작하면서 결혼도 했다. 결혼 4년 후 큰아이를 낳고 10개월 만에 워킹맘이 되었다. 돌도 안 지난 아이를 어린이집에 맡기고 일을 하려니 발길이 떨어지지 않았다. 아이 때문에 일을 더 잘해야겠다고 다짐했다. 아이 낳기 전 고시원을 거래했던 사장님들이 나를 다시 찾아주었다. 너무 감사했다. 그 고마움을 되돌려 주고 싶어서 중개 일을 열심히 했다.

　결과도 좋았다. 가정도 안정되었다. 큰아이와 3년 터울로 둘째를 낳았다. 식구가 늘어나니 먹고 살 걱정도 커졌다. 남편은 자동차 정비사였다. 일이 많아서 새벽에 들어오는 날이 태반이었다. 둘째가 태어난 후, 남편이 생활비를 더 벌어주길 바라는 욕심이 생겼다. 일이 많으면 월급 받을 때보다 돈을 더 벌 수 있겠다는 생각에 방배동에 가게를 차려줬다. 자기 가게를 운영하며 기술이 좋았음에도, 남편은 임대료와 카드값을 연체했다. 가게 형편도 엉망이 되었다. 가게 홍보가 안 되었나? 영업을 못하나? 기술이 부족한가? 식구가 늘었지만, 남편이 하는 일은 나아질 기미가 보이지 않았다. 가게를 접으라고 권유했지만, 남편은 그럴 생각이 전혀 없었다. 대화를 시도해도 자리를 회피하기에 급급했다. 생활비도 대면서 가게 임대료를 내주었던 내가 한심스러웠다. 특단의 조치로 모든 공과금을 연체시켰다.

남편은 삶에 대한 방향을 얘기해도 부정적인 말과 딴생각만 가득했다. 아이는 저절로 큰다고 생각하는지 육아에는 관심도 없었다. 빚을 갚으려면 밤낮없이 일해도 모자랄 판에 취미 생활로 산에 활을 쏘러 다녔다. 할 일을 다 한 후에 다녔다면 그렇게 실망하지는 않았을 것이다. 생활비가 없다고 반복해서 얘기해 봐도 반응이 없었다. 어떤 생각으로 살아가는지 알 수 없었다. 남편과 대화는 단절되고 생각의 골은 깊어갔다. 빚은 점점 감당하기 어려울 만큼 커졌다. 빚을 갚기 위해 결혼 전 샀던 빌라까지 팔았다. 마음의 상처가 깊어졌고 급기야 화병이 생겼다. 그때 내 나이 38세였다.

최선을 다하지 않는 남편을 이해할 수 없었다. 심지어 빚을 갚기 위해 나에게 돈을 달라고 했다. 본인이 진 빚은 자기가 처리해야 맞다. 밑 빠진 독에 계속 물을 붓고 싶지 않았다. 빚만 생각하면 골치가 아팠다. 앞으로 어떻게 살아야 할까? 그럴 땐 머리를 식히기 위해 밤이고 낮이고 무작정 걷고 뛰었다. 오전 7시. 서울여상 정문 앞을 걸어갈 때였다. 어떤 선생님 한 분이 이른 아침에 등교하는 아이들을 맞이하고 있었다. 이름도 얼굴도 모르는 선생님이지만 아이들의 안전을 위해 아침 일찍 나와 계신 모습이 존경스러웠다. 아, 저게 바로 선생님의 사명인가! 왜였는지 모르겠다. 순간 눈물이 왈칵 쏟아졌다. 그럼, 나의 사명은 무엇일까? 그래, 난 엄마다. 난 엄마였다. 나의 사명이 '엄마'로 명명된 순간이었다. 번뜩, 아이들 미래가 걱정되었다. 아이들의 미래만 생각하자.

신사동에 있는 고시원 잔금을 치르는 날이었다. 잔금은 임대보증금과 권리금 일부이다. 임대차계약서에 도장만 찍으면 힘든 과정은 끝이다. 임대차계약서를 쓰고 난 후 지급하는 수수료를 파는 쪽에서 주기로 미리 협의가 돼 있었다. 그래서 수수료는 나와 상관없었다. 도장을 찍고 마무리한 후에 중개업소 소장이 나를 찾았다. 수수료를 얼마나 받느냐고 묻길래 왜 그러시냐고 되물었다.

"나한테 수수료 50%를 떼어줘야 하는 거 아녀?"
파는 쪽에서 수수료를 받으면서 나에게도 수수료를 떼어달라는 것이었다.
"수수료는 파는 쪽이 주기로 했잖아요?"
"그건 뭔 경우여. 저런 사기꾼. 당신 같은 사람 땜에…."

난 순식간에 사기꾼이 되었다. 사기꾼이 된 날, 받은 수수료로 공인중개사학원에 등록했다. 시험공부를 해야 했다. 아이들과 집안일이 걱정이었다. 청주에 살고 계시던 친정엄마에게 도와달라고 했다. 서울로 이사 오셨다. 엄마 덕분에 낮엔 일하고 밤엔 학원에서 공부할 수 있었다. 공부는 나와 거리가 멀었다. 일을 끝낸 저녁에 듣는 수업이라 가끔 눈이 감기기도 했다. 외우는 건 왜 그리 어려웠던지. 특히 법에 관련된 단어들, 사건 판례들이 어려웠다. 문제를 봐도 다 맞는 답 같았다. 공부에도 때가 있다는 말이 맞았다. 힘들어도 자격증 취득 후 내 삶을 생각하며 마음을 다잡았다. 시험이 한 달도 안 남은 어느 날, 고시원 거래 후 사건이 터졌다. 고시원을 산 사장님이 판 사장님을 횡령으로 고소하겠다며 시비가 붙은 것이었다. 고시원에 있던 와이파이 공유기를 가져간 것이 원인이었다. 고소라니, 날벼락이었다. 시험이 며칠 남지 않았는데 막막했다. 사건을 중재하기까지 한 달이 걸렸다. 물론 그 시험은 실패였고 다시 도전해야 했다. 끝날 거 같지 않던 3년간의 공부는 끝이 났다. 나에게 사기꾼이라고 한 중개업소 소장과 친정엄마 덕분에 나는 공인중개사가 되었다.

3년간 공부하다 보니 책 보는 것이 수월했다. 학원에서 함께 공부했던 미선 언니가 독서 모임에 나를 초대했다. 말로만 듣던 저자사인회도 참석했다. 아이들 교육을 위해서 무작정 책을 좋아하는 척했다. 그러다 보니 진짜로 책이 좋아졌다. 큰아이가 내 생일날 『마흔의 시간 관리』라는 책을 선물해 줬다. 그래! 번뜩 '40세'라는 단어가 머리를 스치고 지나갔다.

빚이 많다고 인생이 끝난 것은 아니다. 나이 먹어서 실패했다면 일어설 수 없었을 거라는 생각에 끔찍했다. 50세, 60세에 겪는 실패보다 조금이라도 젊은 나이에 겪게 돼서 얼마나 다행인가! 그래, 50살도 아직 한참 남았는데. 열심히 살아야겠다고 다짐했다.

사명이 '엄마'인 나는 아이들에게 먹이를 주는 것보다 먹이 잡는 방법을 알려주고 싶었다. 아이들 앞날을 위해 살아갈 준비를 하도록 부모 역할을 잘하리라 다짐했다. 큰아이는 운동을 좋아했다. 운동선수가 꿈이었다. 여섯 살 때부터 태권도를 했다. 시합 때 '겨루기'를 했는데, 결과는 12대 0이었다. 운동선수와는 거리가 멀다는 걸 알았다. 그때 큰아이에게 꿈은 꿈대로 두고 현실에 대해 다시 생각해 보자고 했다.

큰아이 중학교 입학 후 거의 매일 담임선생님으로부터 벌점에 관한 내용과 현재의 점수를 통보받았다. 아이와 선생님이 대립하고 있다고 느껴졌다. 아이는 선생님이 엄마한테 별거 아닌 것까지 사사건건 일러준다고 화도 내고 짜증을 냈다. 아이에게 사춘기가 왔다. 눈빛도 변하고 귀가 시간은 점점 늦어졌다. 사춘기 아이 때문에 힘들어하는 나를 본 지인이 겨울방학 동안 캠프에 보내보는 게 어떻겠냐고 권했다. 필리핀 세부에 있는 캠프였다. 내가 이야기를 꺼내자 아이도 가보겠다고 했다. 겨울방학 두 달간만 지내다 오라며 아이를 세부로 보냈다. 캠프를 마치고 한국으로 올 때쯤, 마침 코로

나가 시작됐다. 여러 가지 생각이 들었다. 돌아오지 말고 남아서 공부하라고 할까? 그렇다면 경비는 어떻게 마련할까? 어떤 학교에 다닐까? 지금 안 온다면 언제까지 있어야 하지? 고민이 되었다. 한국으로 올 것인지 세부에 남아 있을 것인지 결정해야 했다. 아이의 미래를 위해 남아서 공부하는 것을 선택했다.

어떤 결정을 할 땐 선택을 해야 한다. 남편은 내가 빚을 갚아주었다면 잘 살았을까? 행복했을까? 생각이 변하지 않으면 그냥 살아오던 대로 살아가게 된다. 생각이 변하지 않는 남편은 아직도 그렇게 살아가고 있다. 하지만 그가 생각을 바꿔 최선을 다하는 삶을 택했다면, 지금의 인생도 달라졌을 것이다.

세상은 시시각각 변화하고 있다. 변화에 맞춰 생각도 변해야 한다. 난 20대에 돈의 위력을 처절하게 느꼈다. 덕분에 20대 때 빚쟁이 인생을 청산할 수 있었는데, 30대까지 빚쟁이로 살았다면 내 인생은 절망적이었을 것 같다. 나는 앞으로 어떻게 살 것인가? '엄마'인 나는 아이들이 성인이 될 때까지 교육만큼은 지원하겠다고 다짐했다. 아이들의 미래를 위해 그렇게 선택했다.

인생의 교차로에서 Go or Stop

김주하

더 이상 미룰 수 없었다. 선택의 시계가 똑딱똑딱 나를 재촉했다. 내 인생의 중요한 타이밍이라고.

일이 손에 잡히지 않았다. 오타가 계속되는 보고서 작성을 멈췄다. 자리에서 일어섰다.

"부장님, 저 잠시 드릴 말씀이 있습니다."

사무실 공기가 갑자기 무거워지는 듯했다. 부서원들과 나는 물과 기름처럼 섞이지 못한 채 어색하게 지내왔기 때문에, 그 분위기가 더 무겁게 느껴졌는지도 모르겠다. 아마도 육아휴직으로 공백이 컸고, 부서원들과 나는 처음 만난 사이였기 때문일 것이다. 모두 내 말에 귀 기울이는 듯했다. 사무실

안은 고요했고, 키보드 소리만 들렸다. 내 시선은 부장에게 향해있었지만, 온 신경은 부서원들에게 가있었다.

입사한 지 20년 차, 앞으로 1~2년만 더 있으면 부서장으로 승진할 수 있는 상황이었다. 그런데도 나는 퇴사를 심각하게 고민하고 있었다. 회사 생활에 지쳤고 한계에 달했다고 느꼈다. 다른 사람의 눈에는 아무런 문제가 없어 보였을지도 모른다. 가면을 쓴 채 잘 지내는 척했지만, 속마음을 들킬까 봐 조마조마했었다.

수많은 밤과 낮이 교차하고, 하루가 의미 없이 사라지는 기분이었다. 심지어 전날에 무슨 일이 있었는지조차 기억이 가물가물한 적도 많았다. 눈 뜨면 어느새 사무실이었고 잠시 숨 돌리면 집이었다. 인식조차 없이 저절로 이루어진 행동이다. 기한 내 제출해야 할 보고서는 쌓여만 가는데, 일정에도 없던 일이 갑작스럽게 생겨 처리해야 할 일은 늘어만 갔다. 특히 울산에서 서울까지 장거리 출장을 가는 날에는 어린아이를 챙기지 못해 마음에 걸렸다. 그 부분이 워킹맘으로서 가장 괴로웠었다. 순간이동이란 걸 할 수 있다면 좋겠다고 생각하곤 했다. 한마디로 뒤죽박죽, 엉망진창. 일과 아이 사이에서 무엇 하나 제대로 하지 못했다. 단단히 엉킨 실타래 같았다. 마치 테트리스의 블록이 지그재그로 비틀거리며 떨어지다가 결국 쌓여 게임오버된 심정이었다. 회사의 틀에 얽매인 삶이었다. 미래의 나에게 미안하고, 후회할 것 같았다.

2장 인생 2막을 찾아가다

"퇴사하겠습니다. 육아며 일도 무엇 하나 제대로 해내지 못해 힘들어요. 회사에 민폐 끼치기 싫고 아이에게 더 신경 써야겠어요. 그만두겠습니다."

부서장은 갑작스러운 퇴사 발언에 당황해하면서 만류했다. 며칠 휴가를 다녀오면 나아지지 않겠느냐며 더 생각해 보라고 했다. 잡아주는 부서장이 한편으로는 감사했다. 그러나 단호하게 마음을 먹어야 했다. 더 이상 허비할 시간이 없었기 때문이다. 우선 급한 불을 꺼야 했다. '아이와 나 자신을 챙기자.'라고. 경제적인 안정보다 가정의 안정을 선택해야만 했다.

20대 후반에 입사한 두 번째 직장이었다. 첫 직장에서는 2년간 계약직으로 있었는데, 안정된 직장을 찾아 회사를 옮겼다. 새로 선택한 직장은 공공 기관인 만큼 평생 안정을 보장해 줄 것만 같았다. 남편을 같은 직장에서 만나 결혼했다. 사랑스러운 아이도 태어나 단란한 가정을 꾸렸다. 내 청춘을 오롯이 이곳에서 보냈고, 20년 세월을 함께한 곳이었기에 그 자체로 전부였던 직장이었다. 일과 육아 모두 잘 해낼 수 있다고 생각했다. 그런데 오만이었다.

시간이 흐른 만큼 한 단계씩 승진도 하니, 모든 것을 가진 기분이었다. '이대로만 하자, 잘하고 있어.'

그런데 나도 모르는 사이에 문제가 생겼고 눈덩이처럼 점점 커질 줄 몰랐다. 일이 최우선이었던 나는 아이가 저절로 클 줄 알았다. 아이 어렸을 때부터 베이비시터의 도움을 받았는데, 밤 9시가 넘어서 집에 들어가는 경우가 허다했다. 야근이 잦아 어쩔 도리가 없었다. 아이는 시위라도 하듯 밥은 안 먹고 과자만 먹기가 일쑤였다. 초등학교 고학년 때부터 사춘기가 시작되면서 아이는 하루가 멀다 하고 짜증을 냈다. 그냥 사춘기라서 그런가 했지만, 시간이 갈수록 아이와의 마찰이 심각해졌다. 단순히 사춘기 때문만은 아니었다. 아이는 엄마의 도움이 필요했고, 늦은 밤까지 혼자 집에 있는 게 무서웠다고 했다. 이기적인 나는 "일하는 엄마니까 이해해달라."라며 어린아이를 오히려 다그쳤다. 빨리 집에 오라고 전화하며 내가 퇴근해서 들어오기만을 기다렸던 아이는 책을 내밀며 읽어달라고 했다. 피곤했던 나는 번번이 거절했고, 아이는 거부만 당했다. 나는 어리석게도 늦게까지 일한 나를 뿌듯해만 했지, 아이의 마음은 살피지 못했다. 뒤늦게 아이의 마음을 깨닫고 어떻게든 회복해 보려고 시도한 일이 휴직이었다. 3년이면 충분할 거라는 생각에서였다. 3년 동안 같이 있어 주었지만 나는 여전히 아이의 마음을 읽을 수 없었다. 반복되는 오해로 우리 가족의 일상이 망가졌다. 지금 생각해 보면 몸은 옆에 있었지만, 마음은 회사에 가 있어 제대로 공감해주지 못했었던 게 아닌가 싶다. 아이에 대해 몰라도 너무 몰랐었다.

아이와의 관계 회복에 별 소득 없이 휴직 기간이 끝났다. 회사로 복귀한 나는 꿔다 놓은 보릿자루 같았다. 일이 익숙해지려 하면 해마다 다른 부서로 배치되곤 했다. 업무 파악하랴, 새로운 환경에 적응하랴, 마음만 조급했다. 상사 말고도 MZ세대 후배까지 신경 써야 했다. 그들은 나와 띠동갑 이상 차이가 날 정도로 젊었고, 손발 할 것 없이 두뇌 회전까지도 빨랐다. 나는 근무 시간 안에 일을 다 끝내지 못했다. 혼자 남아 야근할 때면 나만 일을 못하는 사람처럼 느껴져 속상했던 적도 여러 번이었다.

사춘기 아이와 씨름하느라 지쳐 있었음에도, 회사 일을 결코 게을리할 수 없었다. 빨리 휴직 공백을 메우고 성과를 내고 싶었다. 결과는 반대였다. 스트레스를 받았는지 몸은 엇박자를 내고 있었다. 어느 날 갑자기 귀가 잘 들리지 않았다. 병원을 찾았다. 급성 이명. 다행히 일주일 정도 약을 먹으니 말끔히 나았다. 며칠 지나서는 어깨랑 목이 뻣뻣해서 일하는 데 불편할 정도였다. 결국 허리까지 아파져 CT 촬영과 MRI 검사도 받았다. 신세 한탄이 절로 나왔다. 몸이 반복적으로 아픈 이유가 나이 때문인지 회사 부적응 때문인지 도무지 알 수가 없었다.

그러다 최대 위기가 왔다. 잘 아는 여성 후배가 부서장으로 승진하여 같은 부서에서 일하게 되었다. 나름대로 최선을 다했지만, 6개월이 지나면서부터 그 부서장은 나를 홀대하기 시작했다. 직원들 앞에서 면박을 주기도 했다. 사무실 밖에서 눈물을 훔친 적도 있었다. 내 의상을 보고 말할 때 너무 무례하다고 생각했지만, 따로 말하지 않고 꾹 참았다. 힘들었던 1년이었다. 이듬해 조직개편으로 부서원은 모두 흩어졌다. 그런데 새로운 부서에 배치된 나는 후배의 승진을 가로막는 선배가 되어버렸다. 내 존재가 타인에게 피해를 준다는 생각에 괴로웠다. 아이 문제와 함께, 회사에서의 고립과 부적응, 인간관계 등 엉켜버린 여러 가지 문제가 좀처럼 해결될 기미가 보이지 않았다.

'그래, 이젠 끝내야겠다. 더 이상 미련 두지 말자. 20년이면 충분히 할 만큼 했다.'라고 셀프 위로했다. 직급이 올라갈수록 동료, 후배와 경쟁해야 했는데 그게 불편했고 마음의 상처가 됐다. 한때 즐겁고 자부심을 느꼈던 직장을 그만두기로 결심하기까지 고민을 많이 했다. 더 다니고 싶었지만, 그건 과한 욕심이었다. 괜한 나의 욕심 때문에 내 건강과 소중한 가족을 잃을 것만 같았다.

우리는 매일, 매 순간 수많은 선택을 한다. 인생은 선택의 연속이다. 사소한 것부터 중요한 것까지 말이다. 선택이 항상 쉽거나 명확하면 좋겠지만, 사실 쉽지 않은 일이다. 그런 경우, 나는 내 안의 소리에 따라 결정한다. 내 인생인 만큼 스스로 주도해서 만들어가고 싶어서다. 결국, 나는 누구인지를 알아가는 과정이 인생이라고 생각한다.

오늘도 나는 진심으로 내가 원하는 선택을 한다. 퇴사도 마찬가지였다. 후회는 없다. 퇴사는 끝이 아니라 오히려 새로운 시작이니까.

5

건강을 잃고서야 보이는 것들

박찬홍

돈, 명예, 건강 중 무엇이 더 중요할까?

돈, 명예, 건강 모두 행복한 삶에 중요한 요소다. 나는 20~30대에는 경제적 안정을 위해 돈을 버는 데 집중했고, 40대에는 사회의 인정과 직장에서의 성과 같은 명예를 더 중시했다. 그러나 50대에 접어들면서 자연스럽게 건강을 최우선으로 생각하게 됐다. 이 시기가 되면 크고 작은 이상이 몸에 나타나기 시작하고 "건강을 잃으면 모든 것을 잃는다."라는 말이 더욱 절실하게 다가온다. 주변에서 "건강이 최고야."라는 말을 자주 듣는다. 자동차도 몇 년만 타면 고장이 나고 부품을 교체해야 하듯, 오랜 시간 달려온 몸에 이상이 생기는 건 당연한 일이다. 평소 나름대로 건강을 챙겼지만 심하게 아프고 나서 건강의 중요성을 뼈저리게 깨달았다.

얼마 전 갑자기 목과 어깨 주변이 쑤시고 아프기 시작하더니 5일 내내 계속됐다.

"목과 어깨가 너무 아파서 어젯밤 한잠도 못 잤어요."

동네 한의원을 찾아가 원장에게 하소연했다. 처음에는 오십견인지 싶어 파스와 찜질로 버텼지만, 통증이 점점 심해져 매일 잠을 설쳤다. 며칠째 잠을 제대로 못 자니 미칠 것 같았고, 밤이 오는 게 두려울 정도였다.

"나쁜 자세로 잠을 자거나 갑자기 안 쓰던 근육을 사용하면 그럴 수 있어요. 약침 맞고 물리치료를 받으면 금방 나을 겁니다."

원장은 대수롭지 않다는 듯 말했다. 한 시간가량 치료받고 나오니 목과 어깨가 조금 가벼워진 느낌이 들었다. 그날 밤도 몇 번 깨긴 했지만, 서너 시간은 잘 수 있었다. 점점 좋아지길 기대하며 한의원을 꾸준히 다녔다. 2주가 지나도 통증은 나아지지 않았고 오히려 더 심해졌다. 아내는 정형외과에 가서 엑스레이를 촬영하고 근본적인 치료를 받으라고 권했다.

"3주 정도 다녀도 호전되지 않으면 더 큰 병원에서 정밀검사를 받아보세요. 왜 그리 고집을 부리며 병을 키우려고 하나요."라며 한숨을 내쉬었다.

나의 잘못된 판단과 고집으로 몸을 계속 악화시켰다. 고민 끝에 정형외과 후기를 살펴보고 평판이 좋은 곳을 예약했다. 의사는 엑스레이 촬영 후 더 세밀한 진단을 위해 MRI를 권했다. 점점 문제가 커지는 듯해 불안해졌다. '혹시 디스크 아닐까? 수술이 필요하다고 하면 어쩌지.' 병원에만 오면 왜 이렇게 겁부터 나는 걸까. 상담 전부터 머릿속엔 이미 병실에 누워 있는 내 모습이 그려졌다. 의사는 MRI 결과를 보여주며 경추 3번과 4번에 약간의 디스크와 염증이 있다고 했다. 그게 신경을 건드려 통증이 온 거라고 별일 아니라는 듯이 말했다.

의사는 휴대폰과 컴퓨터로 인해 디스크 환자가 늘었다며 내 직업을 물었다. 나는 30년 넘게 책상 앞에서 컴퓨터 작업을 해왔다고 답했다. 떠올려보니 사무실에서 오른쪽에 둔 컴퓨터를 볼 때마다 상체만 돌려 어색한 자세로 일하곤 했다. 의사는 간단한 시술과 약을 처방하며 며칠이면 통증이 사라질 거라고 했다. 하지만 병원에 다녀온 뒤에도 통증과 불면증은 계속됐고, 치료에 대한 의문과 병원에 대한 불신만 커졌다. 그런데 4일째 되는 날, 믿기 힘든 일이 일어났다. 침대에 누워 뒤척이다가 스르륵 잠이 들었고 아침 늦게까지 푹 잘 수 있었다. 거의 한 달 만에 느껴보는 평온함과 행복감이었다.

이번 일을 겪으며 깨달은 게 있다. 나이가 들수록 다양한 병이 찾아오겠지만, 결국 젊을 때부터 건강을 챙기는 것이 가장 중요하다는 사실이다. 요즘은 건강 관련 책이나 유튜브 등 다양한 매체를 통해 건강 정보를 쉽게 얻을 수 있고, 마음만 먹으면 언제라도 병원에 갈 수 있다. 실패를 통해 교훈과 지혜를 얻는다고 하지만, 건강을 잃는 실패는 그 대가가 너무 크다. 건강이 나빠지면 삶 전체가 흔들리고, 그로 인한 피해는 이루 말할 수 없기 때문이다.

이런 생각을 하던 중, 문득 한 친구가 떠올랐다. 대기업에서 빠르게 승진해 부장이 된 그는 퇴사 후 창업을 결심했다. 친구들이 말려도 그의 의지는 확고했다. 3년 만에 회사는 번창했고, 직원 수도 300명까지 늘었다. 하지만 그는 밤낮없이 일하느라 건강을 돌볼 겨를이 없었다. 결국 5년쯤 지나 건강이 나빠지더니 얼마 후 그 친구 동생으로부터 믿기 어려운 소식을 들었다. 친구가 출근길에 아파트 앞에서 쓰러져 심장마비로 세상을 떠났다고 했다. 그의 나이 겨우 50세였다. 이제야 그동안의 세월을 보상받고 활기차게 살아갈 나이인데. 너무 허망하게 떠나버렸다. 사랑하는 가족을 두고 떠난 그의 죽음을 생각하니 가슴 아팠다. 당시 나는 임원으로서 극심한 스트레스와 과로에 시달리고 있었기에 그 일이 남 일 같지 않았다. 그 일을 계기로 건강의 소중함과 인생의 덧없음을 다시금 깨달았다.

나는 한 달에 두 번 등산을 간다. 한번은 서울 근교에 있는 산, 또 한번은 국내 명산을 오른다. 산을 오르며 건강도 챙기고, 그림 그리기 소재로 쓸 멋진 사진도 찍는다. 하지만 가장 좋은 점은 자연 속에서 나 자신과 마주하며 생각할 시간을 가질 수 있다는 것이다. 건강은 미리 공부하고 예방하는 것이 최선이다. 특히 사회와 가정에서 중요한 역할을 하는 40~50대에게 '건강'은 무엇보다 소중하다. 나 역시 심하게 아프고 나서야 이 단순한 진리를 뼈저리게 실감했다. 이제는 내 몸이 보내는 신호에 더 귀 기울이며 나를 아끼고 돌보려고 한다. 건강을 지키는 일이야말로 사랑하는 가족을 위한 가장 중요한 일이라고 믿기 때문이다.

다시 쓰는 내 인생의 페이지

6

가보지 않은 문과(文科)의 길

백 오 규

우리는 크고 작은 선택을 하면서 산다. 뭘 입을까 뭘 먹을까 하는 일상적인 것에서부터 배우자 선택처럼 인생행로의 중요한 선택에 이르기까지. 나는 '선택'에 관해 생각하면 고등학교 2학년에 올라갈 때 했던 문과, 이과 선택을 떠올린다. 아마도 이 선택은 인문계 고등학교에 다닌 사람은 피할 수 없었던 통과의례였을 것이다. 이분법적인 틀을 강요하는 듯한 이 제도는 통합이니 뭐니 하면서 논의된 지 오래되었음에도 최근까지 유지됐다. 인문계 고교과정이 대학 진학을 위한 준비 단계로 인식되는 분위기에서, 문·이과 선택은 많은 사람이 관심을 가지는 주제다.

돌이켜 보면, 고등학교 시절 내렸던 이 선택은 내 인생에서 가장 중요한 결정 중 하나였다는 생각이 든다. 이 선택은 단순히 대학 진학을 넘어, 직업을 포함한 미래의 경로를 결정짓는 중요한 분기점이었기 때문이다. 그럼에도 별로 심각한 고민 없이 이과를 선택했다. 이과 과목을 좋아한 것도 있지만, 당시 학교가 이과 반(班)을 더 편성한다는 말에 영향을 받은 것 같기도 하다. 어쨌든, 그 선택의 결과인지 아니면 본래 성향 때문인지 모르겠지만, 내 사고방식은 소위 '이과 성향'에 부합한다는 느낌이 든다.

고등학교 졸업 후 공과대학에 진학하면서, 학업 과정을 통해 이과적인 사고방식이 자연스럽게 몸에 배었다. '공과대학'이라는 한글보다 전문가를 지칭하는 느낌을 주는 '엔지니어(Engineer)'가 들어간 영문 명칭이 더 마음에 들었다. 원칙이 강조되고, 입력값이 정해지면 정확한 결과가 도출되는 엔지니어링 체계에 깊이 매료되었다. 공과대학이 가진 독특한 문화에도 쉽게 동화되었다. 흔히 듣는 '공돌이'라는 말에 거부감이 없었고, 오히려 그것을 긍지를 다지는 계기로 삼았다. 이러한 경험은 나의 이과적인 성향 때문이라고 생각했다. 이는 공대를 선택한 것이 옳은 결정이라는 확신으로 이어졌다. 우리나라 산업 발전에 한몫할 수 있을 것이라는 자부심은 덤이었다.

공대에서 강의를 듣던 때의 이야기다. 공대생이 반드시 들어야 하는 전공 필수 과목에 컴퓨터 프로그래밍이 있었다. 프로그래밍은 주어진 문제나 과제를 컴퓨터가 실행할 수 있도록 사람이 설계하여 만드는 작업을 말하는데, 논리적인 사고와 창의성이 요구된다. 그 과목에서 다뤘던 프로그래밍 언어는 '포트란(FORTRAN)'이라는 언어였다. 좋은 프로그램의 기준은 최소 재원(주로 기억용량)을 쓸 것, 최단 계산시간을 쓸 것, 디버깅(오류수정)이 쉬워야 할 것 등이었다. 한마디로 컴퓨터를 적게 사용하되 최고의 결과를 얻어야 한다는 것이다. 경제원칙과 비슷한 이 원칙은 컴퓨터 프로그래밍에도 적용됐다. 이를 보며 엔지니어는 다방면으로 통하는 게 있다는 생각이 들었다.

학기 말, 기말 과제 마감을 앞둔 어느 날이었다. 과제로 작성한 포트란 프로그램을 실행한 결과에서 오류가 발생했다. 디버깅해보니 원인을 파악할 수 있었다. 해결책을 찾았는데, 어떤 부분에 단 한 줄의 'GO TO' 실행문을 추가하면 간단하게 결과값을 얻을 수 있는 방법이었다. 보통 'GO TO' 실행문은 특정 조건을 충족하면 실행되는데, 해당 조건을 만족하면 지정된 주소로 이동하라는 명령을 수행한다. 하지만 내가 파악한 해결법은 아무 조건도 없이 단순히 'GO TO' 실행문 한 줄을 추가하는 것이었다. 좋은 프로그램을 만들기 위해서는 전체를 처음부터 다시 분석하여 최고의 완성도를 가진 결과물을 만들어야 한다. 그런데 프로그램 전체를 다시 검토하려면 많은 시간이 걸린다. 지금까지의 노력도 헛수고로 돌아간다. 어떡할지 고민 끝에 내가 파악한 쉬운 방법을 택하기로 했다. 교수가 모르고 그냥 넘어가길 바라는 요행에 기댄 편법이었다. 성적은 예상대로 실망스러웠다. 좋은 프로그램의 원칙을 무시한 결과였다. 내가 작성한 프로그램은 완성도에서 부족했을 뿐만 아니라, 실행문 추가로 인해 계산시간까지 낭비한 셈이었다. 이 수업을 통해 엔지니어의 관점을 다시 한번 되새기게 되었다.

내가 갖고 있던 엔지니어로서 자부심이 벽을 만난 것은 직장 생활을 한지 얼마 지나지 않았을 때였다. 전공을 잘 살릴 수 있다고 생각되는 회사에 들어갔다. 내가 맡은 분야가 회사의 발전과 비전에 중추적인 역할을 한다는 믿음과 자부심이 있었다. 하지만 실제 중추부서는 따로 있었고, 내가 속한 부서는 여러 부서 중 하나에 불과했다. 다른 분야의 동료들이 더 잘되는 것 같았다. 내가 하는 일 역시 전공과는 거리가 먼 경우가 많았다. 조직 생활에서는 다른 부서와의 협력, 상급자와의 관계, 동료들과의 소통이 중요하지만, 그에 대한 정해진 답은 없었다. 엔지니어의 관점으로는 해결되지 않는 문제들이었다. 혼란스러웠다. 어디서 이 혼란이 시작된 것일까. 내가 엔지니어의 길을 걷게 된 것은 이과를 선택한 것에서 비롯한 것이라는 데까지 생각이 미쳤다. 하지만 내 성향에 따라 내렸던 그 선택은 틀리지 않았다. 내가 원했던 회사에 들어왔기 때문에 회사도 문제가 아니었다. 고민에 빠졌다. 자부심이 나락으로 떨어졌다.

그러던 중, 같은 계열에 근무하는 선배이자 엔지니어였던 분에게 이 고민을 털어놓았다.

"관련 없어 보이는 일이라도 할 줄 알아야 해."

"엔지니어나 전공자가 아니면 할 수 없는 일이다."라며 격려해 주었다. 이 말이 마음속 깊이 다가왔고 나의 역할을 일깨웠다. '아, 내가 필요한 부분이 바로 이런 거였구나. 내가 너무 좁은 시각을 가졌던 모양이군.' 하는 생각에 엔지니어 자부심이 되살아났고, 덕분에 마음을 다잡고 회사 생활에 충실할 수 있었다.

이러한 경험을 하면서 문·이과를 뛰어넘는 통합적 사고방식이 필요하다는 생각을 많이 했다. 내가 소설이나 역사 등의 인문학에 관한 책을 즐겨 읽는데, 이것이 도움이 되지 않을까? 해법을 딱히 기대한 것은 아니지만 독서를 더 많이 한 것을 그렇게라도 합리화하고 싶었던 게 아닌가 싶다. 문·이과 두 성향이 어떻게 하면 균형을 잘 이룰 수 있을지, 지금도 이 고민을 계속한다.

오랫동안 이어진 이분법적 사고방식에서 벗어나려는 고민에도 불구하고, 무의식적으로 한쪽으로 치우친 듯한 행동이 나타날 때가 있어 쓴웃음을 짓는 경우가 종종 있다. 누가 숫자를 이야기하면 단위를 먼저 물어보게 된다. 미국의 화성탐사선도 단위 착오 때문에 실패한 사례가 있다는데…. 영화의 극적인 장면을 봐도 감동하기보다는 '저게 과학적으로 가능해?'라는 의문이 생겨 몰입을 방해한다. 새로운 게임 규칙은 아무리 복잡해도 끝까지 파헤치고 알아야 직성이 풀린다. 인도에 깔린 기하학적 바닥 무늬를 보면 어느새 면의 개수를 세어보거나 대칭을 관찰하게 된다.

혁신의 아이콘 스티브 잡스는 "기술만으로는 충분하지 않다. 기술은 인문학과 결합할 때 가치를 얻는다."라며 인문학과 기술의 융합을 강조한 바 있다. 이 말은 혁신을 위해서는 한계를 극복해야 한다는 의미와 통한다고 할 것이다. 내가 하는 고민이 비록 혁신까지는 아닐지라도, 최소한 발전을 위한 화두는 되어야 하지 않을까.

문과의 길은 내가 선택하지 않은 길일지라도 소홀히 할 수 없으며, 그 길을 탐구하는 노력을 멈추지 않을 것이다. 가보지 않은 그 길 위에 무엇이 있을지 내게는 여전히 탐색이 필요한 영역이다. 더 넓은 시각을 위해 통합을 모색하는 것이야말로 발전의 첫걸음이라 믿기 때문이다. 기존 틀에서 벗어나고 한계를 넘어설 때 나의 삶은 더욱 조화롭고 풍요로워질 것이라 기대해 보며, 발전도 가능할 거라고 생각을 이어가 본다.

7

갈림길에 선 그날 내 삶의 방향을 바꿨다

안은희

다시 산다는 마음으로 살기로 했다. 그날 이후로.

2년 전 여름이었다. 남편, 작은아들과 함께 유럽으로 여행을 떠났다. 여행을 예약한 날부터 마음은 벌써 유럽에 가 있었다. 틈틈이 여행지를 찾아보며, 가져갈 준비물을 하나씩 챙겨나갔다. 아스팔트 열기가 얼굴을 달굴 만큼 뜨거운 여름이었지만, 그해는 더운 줄 모르고 지나갔다. 여행 출발일이 하루하루 다가오니 가슴이 콩닥거렸다.

여행지는 열정의 나라 스페인과 항해의 나라 포르투갈로 정했다. 스페인은 도시 전체가 지붕 없는 박물관이라고 할 정도로 문화유산이 많은 곳이다. 특히, 가우디가 설계한 건축물 중 최고의 걸작으로 뽑히는 '사그라다 파

밀리아 성당'은 여행자들이 꼭 들르는 곳이라며 추천하는 사람들이 많았다. '얼마나 규모가 크고 예술적으로 대단하길래 140년 넘게 건설 중일까?' 빨리 가까이에서 보고 싶었다. 포르투갈은 해안선이 특히 아름답기로 유명하다고 들었다. 특히 '베나길 동굴'은 '히든 비치'라고 불릴 만큼 숨겨진 신비로운 해변이라고 하니, 생각만 해도 가슴이 두근거렸다. 사진으로 보았을 때, 동굴 천장 한가운데에 동그랗게 나 있는 커다란 구멍 사이로 조각난 하늘이 보였다. 그런 멋진 풍경을 직접 볼 수 있다니….

여행 가방 싸는 데 일주일이나 걸렸다. 남편이 한마디 했다.

"아니, 당신은 이사 가? 무슨 신발을 세 켤레나! 운동화 하나면 되지."
"여자들은 옷에 따라 신발이 다 달라. 신경 쓰지 말고 자기 짐이나 싸세요. 하하."

우리는 만반의 준비를 하고 들뜬 마음을 얹어 하늘 위로 날아올랐다. 사진으로 보았던 것보다 훨씬 더 멋졌다. 스페인은 고풍스러운 성당과 궁전, 그리고 유적지 등 세계적인 문화유산이 가득했다. 거기에 끝없이 펼쳐진 평원의 자연경관이 어우러져 다채로운 매력을 선사했다. 버스 차창 밖으로 끝도 없이 이어지는 올리브밭이 인상적이었다.
여행 5일째 되던 날, 스페인에서 포르투갈로 이동했다. 아름다운 동굴과 해변을 보기 위해 여섯 시간 동안 버스를 타고 '베나길'에 도착했다. 하늘은 파랗고 구름 한 점 없었다. 푸른 대서양의 빛깔은 한 폭의 그림 같았다.

우리 일행 열두 명과 가이드, 그리고 현지 항해사 두 명이 함께 보트를 타고 베나길 동굴을 향해 대서양을 달렸다. 입이 떡 벌어졌다. 바람과 파도에 침식되며 만들어진 크고 작은 해변의 동굴과 구멍들이 환상적이었다. 보트 항해사는 여행객들에게 짜릿함을 선사하기 위해 질주했다. 빠른 속도와 급회전을 하며 하얀 물보라를 일으킬 때마다 우리는 즐거운 비명을 질렀다. 한 시간 남짓 달렸을 무렵, 보트가 서서히 멈췄다. 바람이 불어서 동굴 진입이 어렵다고 했다. '아, 포르투갈 여행의 하이라이트인 베나길 동굴을 보지 못하다니….' 우리는 아쉬움을 뒤로하고 돌아올 수밖에 없었다.

출발했던 선착장에 보트를 정박하려고 여성 항해사가 먼저 내렸다. 그녀의 힘으로는 보트가 당겨지지 않는 모양이다. 남자 항해사가 운전석에서 일어났다. 항해사가 일어나 보트에서 내리려는 순간, 보트가 갑자기 속력을 내며 쏜살같이 나갔다. 남자 항해사를 덮쳤다. 항해사가 그 자리에서 피를 쏟으며 쓰러졌다. 보트는 멈추지 않았다. 주변에 정박했던 다른 요트들을 이리 치고 저리 치며 뱅글뱅글 돌았다. 우리는 갑자기 일어난 일에 놀라 그저 있는 힘을 다해 손잡이를 잡고 버텼다. 남편과 아들이 양쪽에서 나를 꽉 감쌌다. "꽉 잡아요, 일어나지 말고 보트 바닥에 몸을 낮춰!" 누군가 소리쳤다. 모든 게 멈춘 것 같았다. '바다로 뛰어내려야 하나?' 하는 생각도 순간 머리를 스쳤다. 할 수 있는 게 없었다. 서울에 두고 온 큰아들의 얼굴이 떠

올랐다. '이대로 끝나는 걸까…'

보트가 정박 시설을 세차게 들이받고, 다른 배들까지 연달아 부딪히며 거칠게 휘돌았다. 몇 차례 더 충격을 주고받은 끝에, 마침내 멈췄다. 고개를 들었다. 남편과 아들은 살아 있었다. 우리가 살아 있다는 사실이 믿기지 않았다. 껴안고 펑펑 울었다. 짧은 순간 벌어진 사고에 모두 할 말을 잃었다. 걷지 못하는 사람, 손가락과 무릎이 골절된 사람 등 모두가 온전치 못했다. 남편은 얼굴을 강하게 부딪쳐 안경이 부러졌고, 어지러워하며 중심을 잡지 못했다. 선착장 끝에 하얀 천으로 덮여 있는 무언가가 눈에 들어왔다. 몸이 얼어붙는 것 같았다. '우리에게 왜 이런 일이…' 억울함과 불안, 분노가 뒤섞였다. 남편의 상태가 걱정됐고, 경황이 없어 내가 어디를 다쳤는지도 제대로 알지 못했다. 포르투갈 경찰과 한국 영사관의 조사를 받으며 질문에 답하느라 선착장에서 몇 시간을 보내야 했다. 우리는 남은 여행 일정을 중지하고 말도 통하지 않는 현지 병원에서 손짓과 발짓으로 소통하며 엑스레이를 찍고 치료받았다.

아름다운 대서양의 풍경 뒤에 숨겨진 운명의 장난을 그 누구도 예상하지 못했다. 그날, 우리는 삶과 죽음의 사이를 오갔다. 귀국해서 며칠 동안 출근하지 못했다. 남편과 아들은 CT를 찍고 치료를 더 받아야 했다. 나도 허리 통증으로 치료받아야 했고, 오랫동안 트라우마에 시달렸다. 자전거나 오토바이만 내 옆으로 스쳐도 깜짝깜짝 놀랐다. 버스를 타고 가다가 운전사가 브레이크를 밟는 순간엔 비명이 튀어나오고 몸이 굳어졌다. 그 소리에 사람들의 시선이 한꺼번에 쏠리기도 했다.

　그날의 사고는 충격과 두려움을 안겨주었고, 내 삶의 우선순위를 바꾸는 계기가 되었다. 무엇이 진정으로 중요한지 깊이 생각했고, 앞으로 매 순간을 더 소중히 여기며 살아가기로 다짐했다. 우리는 늘 지금의 행복이 영원할 것이라 착각하며 살아간다. 하지만 인생은 예기치 않은 순간에 방향을 바꿀 수 있다는 걸 큰일을 겪고 나서야 비로소 알게 된다. 그 이후 우리 가족은 함께하는 시간의 소중함을 깨닫고 서로에게 사랑과 감사를 더 많이 표현한다. 이번 주말, 아이들이 "엄마 아빠가 좋아하시는 하이볼 한잔하러 가요."라며 펍에 가자고 한다. 환하게 웃는 아이들을 보며, 가장 소중한 것은 바로 함께하는 가족과 오늘을 대하는 마음가짐임을 새삼 느낀다.

8

정해진 자리에서 최선을 다하기

유윤희

TV 리얼리티 연애 프로그램을 여유롭게 보고 있었다. 얼굴이 순하고, 귀엽게 생긴 여자 출연자가 자기소개를 한다. "저는 하고 싶은 게 많고, 재능도 있어서 그림 그리기, 제빵 등 직업 삼아 해봤는데, 경제적으로 만족하지 못해 공부해서 약사가 됐습니다. 현재 직업은 약사입니다."

좋아하는 일이지만 경제적인 문제로 진로를 바꿀 수밖에 없었다니. 그런데 선택한 게 약사라고? 경제적인 부분만 생각한다면 차라리 잘 된 상황으로 보이지만, 많은 걸 시도했다니 맘고생이 심했겠다 싶었다.

현재는 IT 관련 직업군이 대세다. '의대 못 가면 컴공(컴퓨터공학과) 가라.' 흔히 부모들이 말할 정도로 대학에선 컴공이 인기 학과라고 한다. 금융권의 IT에서 20년 넘게 근무하고 있으니, 직업 운은 좋다고 봐야겠다. 하지만 여기까지 오는 데, 어려움이 많았다. 나의 전공은 통계학이다. 대학교 3학년 때 IMF가 왔다. 이전까지 우리 과의 선배들은 대기업에 취직을 쉽게 했다. 그러나 IMF 세대인 우리는 졸업 전에 한 명이라도 성공하려나 걱정하며 다들 취업 준비로 고단했다. 취직을 잘하려는 마음에 부전공을 선택했다. 동기들은 수학, 경영학, 전산학 중에서 결정했다. 수학을 계속하는 직업은 갖고 싶지 않았다. 경영학은 인문계 전공자들과 경쟁해야 할 듯해, 컴퓨터가 유용하다고 하니 전산학을 선택했다. 통계학이라는 같은 전공을 선택했으나 우리는 서로 다른 부전공을 선택하면서 각자의 길을 걷게 되었다.

첫 직장인 제조 유통 회사에서 MIS(경영정보시스템)를 맡았다. MIS는 인사, 급여, 채용을 다루는 시스템이다. 본사와 8개 계열사의 MIS를 관리하는 업무는 일이 많았다. 야근도 잦았고, 담당자들의 문의로 전화가 잠잠할 때가 없을 정도였다. 하지만, 프로그램을 완성하고 나면, 사용할 수 있는 시스템이 되는 게 즐거웠다. 내가 참여해 완성한 급여 시스템에서 매달 직원의 명세서가 나왔다. 채용사이트로 구직자는 신청하고, 회사는 합격을 통보했다. 시간제 직원들의 업무 시간표를 집계해 수당도 계산했다. 그런 노력에도 불구하고 회사 윗분들은 남자 직원을 노골적으로 끌어주었다. 인정받지 못하는 서운함에 퇴사를 결정했다.

"임신해서, 건강도 챙기고, 남편 일하는 것도 도와주려고 합니다. 현모양처가 어렸을 때부터 꿈이었습니다.”

마음에도 없는 말을 하고 나왔다. 그리고서 바로 금융계 전산실로 지원했다. 큰 회사 두 곳에 동시 합격했다. 건강검진 받기 전 임신 사실을 알리고, 최종 합격에 영향이 있는지 문의했다.

“어차피, 입사해서 임신하셨을 수도 있는데, 미리 하셨다고 불합격 사유가 되지 않습니다.”라는 인사담당자의 말은 새 회사에 신뢰를 갖게 했고, 자존감도 회복했다. 둘 중 더 끌리는 회사를 선택해 이직했다. 새로운 회사에 적응했고 배가 불러와, 출산 휴가에 들어갔다.

“아이 잘 키우고 있지? 이런 전화해 미안하네. 아이 낳고 몸 회복도 덜 된 사람에게 이런 부탁을 하면 안 되는데 말이야. 회사 사정이 말이 아니야. 두 달 뒤 새 시스템 오픈해야 하는데, 이 과장이 일이 너무 많아 참여하지 못하고 있어. 좀 도와줄 수 없을까?”

출산 후 20일쯤 지나서 전 직장에서 연락이 왔다. 새 프로젝트 진행 중인데, 업무 담당자가 일이 너무 많아 진도가 나가지지 않는다고 했다. 이중 취업은 불법이니 아르바이트 형태로 재택근무를 할 수 있냐는 부탁이었다. 나의 뒤를 이어 업무를 맡은, 직원이 2명이나 퇴사했다고 말했다. 근무할 때 잘 알던 친구들이 퇴사했다는 소식에 놀랐다. 쉬는 시간엔 이야기를 나누던

착한 후배인 이 과장을 생각하니 고민이 됐다. 뾰족한 수가 없어서 이렇게 나를 찾게 된 회사 입장도 생각해서, 제안을 수락했다. 계약과 인수인계를 위해 회사를 방문했다. 이사는 "난 전업주부로 들어간 줄 알았지. W 은행에 입사했다며, 잘됐군." 하고 말끝을 흐렸다.

'그러길래 있을 때 잘하시지 왜 그랬어요?'라는 생각이 머릿속을 맴돌았다. 2개월간 회사 일을 마무리 해 줬다. 나의 능력과 내가 필요한 사람임을 증명한 거 같아 기뻤다. 보수적이고, 남자들끼리 라인 만들고 술 마시며 인맥 쌓는 사람들 사이에서 나는 희생만 한 것 같았다. 그런데, 퇴사 후 적잖이 고생하고 다시 대안으로 나를 선택할 수밖에 없었다는 것이 조금 통쾌한 기분도 들었다.

이후로 새 직장에서 성공해서 현재까지 왔느냐 하면, 그건 아니다. IT는 영화에서 보는 것만큼 화려하고, 자율적이고, 지적이기만 한 직업은 아니다. 개인적인 시간이 보장되지 않는다. 긴 시간 일할 때도 많아 체력도 좋아야 한다. 컴퓨터와 장시간 씨름하다 보면, 거북목, 터널증후군, 어깨 통증 등 직업병도 피할 수 없다. 맡았던 업무는 은행 마감 이후 청구서 만들기, 각종 금액 집계 등 중요 작업을 하는 일이었다. 밤새 작업을 하기도 했고, 오류를 조치하다 보면 밤 11시, 12시가 넘는 일이 비일비재했다.

집은 2호선으로 갈 수 있었는데, 23시 55분 막차는 봉천역, 00시 10분 막차는 서울대입구역 종점. 지하철 마지막 차 시간을 외울 정도로 야근이 많았다. '행복하려고 직장 다니지. 이러다 과로로 내 인생이 망가지겠다.' 두 번째 퇴사를 감행했다.

더 이상 IT는 하지 않겠다며, 직업을 바꿔 보고자 공무원 시험을 준비했다. 시험을 통과해야 공무원이 되기 때문에, 지식이 갖춰져야 하는 직업이라 마음에 들었다. 친인척 중 공무원, 공기업 다니는 분들이 많다. 그분들 이야기를 들어보면 대기업만큼의 연봉은 아니지만, 책임감 있는 직업이라고 했다. 아이가 있던 터라 오프라인으로 학원 수업을 듣기 힘들어 유명한 온라인 강의를 신청해 들었다. 공무원 시험은 1~2점 차이로 당락이 결정되는 치열한 싸움이었다. 육아하면서 틈틈이 하는 공부는 몸과 마음을 지치게 했다. 근소한 차이로 시험에서 떨어진 후 1~2년을 더 공부할 용기가 나지 않아 했던 일로 돌아가기로 했다. 공부하는 시간이 힘들어서 이후에는 무엇을 하든 인내심을 발휘할 수 있었다. 전산직은 사람을 상대하는 시간보다는 컴퓨터와 함께하는 시간이 많다. 열심히 하면, 나 혼자 해결할 수 있는 문제들도 많았다. 새로운 시스템을 만들어가는 기쁨도 컸다. 다른 직업을 시도했다가 돌아와서인지 쉽게 지치지 않고, 더 즐길 수 있었다.

2020년은 코로나로 온 나라가 힘들었다. 정기 보고 시간에 책임자들이 보고할 때였다.

"요즘 코로나로 경기가 어렵다고 정부에서 여러 가지 대책을 마련한다고 하죠? 국민에게 지원금을 줘야 하지 않겠냐고 경기도지사도 말하네요."

지원금과 관련해 기프트카드 500만 장을 준비할 수 있는지 경기도청에서 문의해 왔다고 담당자가 말했다. 회사에서 1년에 발행하는 기프트카드가 40만 장이었다. 10배가 훌쩍 넘는 양이라 담당자들은 당황했다. N 뱅킹은 경기도 제1금고로 경기도의 예산을 가장 많이 관리하는 은행이다. 경기도청 주도 사업에 지원이 필요하면 먼저 나선다. 회사는 재빠르게 상황 파악에 나섰다. 내용은 사실이었다. 그 뒤 보낸 1개월은 지옥 같은 시간이었다. 도민에게 나눠줄 카드를 행복센터로 배송하고, 웹사이트를 통해 신청 금액을 카드에 충전할 수 있도록 만들었다. 정부 사업은 시작일이 정해져 있어 직원들과 매일 야근했다. 지원금 지급일에 근처 행복센터에 나가 직원의 질문에 답을 주었다. 정상적으로 카드가 발급되는지 지켜봤다. 최초의 재난지원금 발급 시스템이다. 힘들었지만, 천만 경기도민 중 상당수가 우리가 제공한 기프트카드를 사용했다. 어려운 시기에 지원금 지급 시스템은 사회적으로 활기찬 분위기가 나도록 만들었던 것 같다. 그런 시절의 대표 사업에 참여한 것이 무척 뿌듯했다.

직업 선택이 자의가 아니더라도 적응하고 최선을 다했다. 분야에서 안정되고, 일을 즐기면 성공에 가까워진다는 것을 알았다. 제자리를 찾아가는 과정에서 실패해도 경험은 다음을 위한 밑거름이 된다.

"기회가 왔을 때 받아들일 준비가 되어 있는 것이 성공의 비결"이란 말이 있다. 평범한 말이지만, 주어진 자리에서 최선을 다하는 것. 우연이 아닌 노력으로 얻어낸 행복을 찾아가는 길이다.

9

옳은 선택은 내가 만든다

이경숙

"네가 그때 우리 회사에 왔으면 지금도 나처럼 마음 편히 일할 수 있을 텐데. 널 보면 안타깝다. 좀 안정적인 일을 했으면 싶어서……."

친구들과의 모임이 끝나고 돌아오는 길에 옥이 언니가 한 말이다. 옥이 언니는 대학교 2, 3학년 때 한 방에서 자취했던 사이다. 언니지만 나보다 한 학년 아래였다. 그때 알고 지냈던 언니 후배들과 모임을 종종 함께한다. 여행도 같이 다니고 주말에 가끔 만나 음악회에 가거나 점심 먹고 헤어지기도 한다.

옥이 언니는 작년에 구몬이라는 학습지에서 지국장으로 퇴임했다. 한 지국의 총책임자 역할을 잘 해낸 후 퇴직하고서도 방문 교사로 일한다. 그냥 손 놓고 놀기 답답하다며 다른 교사들처럼 학생들을 직접 가르치러 다닌다.

일주일에 3일만 학생들을 만나고 나머지 요일에는 쉬기도 하고 밀린 업무도 처리한다고 한다. 여행을 좋아해서 친구들과 해외여행 다니려고 몇 년 더 일할 거라고 말하곤 한다. 못 가본 나라가 있어서라고. 여행가이드를 해보라고 주변에서 권유할 만큼 여행에 관해서는 해박하다. 그렇게 사는 옥이 언니가 보기 좋다. 아직은 건강하고 활발한 언니가 그냥 집에만 있기에는 스스로 견디기 힘들 터다. 활동하지 않는 언니는 상상이 안 된다.

40이 되던 해에 일을 해야 했다. 옥이 언니에게 상의했다. 언니는 6개월 정도 보험회사 일을 하다가 학습지 회사로 옮겼다. 학생들을 만나는 게 재미있다고 했다. 늦은 시간까지 일하느라 하나뿐인 아들을 친정 언니에게 맡기는 게 마음이 편치만은 않다고도 했다. 그래도 업무 여건이 나쁘지 않다며 자기 회사로 오라고 조언해 줬다. '구몬'은 수학 과목이 특화된 회사다. 나는 수학보다는 영어를 더 좋아했다. 영어만 가르치는 '윤선생'을 하고 싶다고 말했다. 언니는 수학은 처음에 개념만 설명해 주면 학생들 스스로 풀기 때문에, 체력 소모가 덜하다며 자기네 회사가 나을 거라고 했다. 영어는 계속 설명해야 해서 쉽게 지친다고 덧붙였다.

또 다른 문제도 있었다. 구몬은 만 40세까지 입사 지원이 가능했지만, 윤선생은 만 35세까지였다. 이미 나이 제한으로 윤선생은 내가 갈 수 없는 회사였다. 지원해도 가기 힘들 거라고 그냥 구몬으로 오라고 했다. 그럼에도 숙명여대 근처에 있는 윤선생 지사에 방문해 일하고 싶다고 말해보았다. 나이가 많긴 하지만 시험을 한번 보라고 했다. 주로 영어 문법에 관한 문제였다. 시험 결과를 본 후 같이 일해보자고 말했다. 옥이 언니의 권유에도 불구하고 그렇게 영어 학습지 관리 교사가 되었다. 아이들에게 계속 설명해 주고 물음에 답해주는 일이 힘들게 느껴지지 않았다.

살다 보면 선택해야 할 순간이 참 많다. 작게는 오늘 점심 뭐 먹을지부터 크게는 어떤 일을 할지, 누구와 결혼하면 좋을지, 어느 동네에 살아야 할지 등. 그 무게가 무겁고 사안이 클수록 고민하는 기간이 길어진다. 내가 왜 이런 고민을 해야 하나라는 생각이 들기도 하고, 고민하지 않고 그냥 저절로 선택할 수 있으면 좋겠다는 생각이 들 때도 많다. 결정 장애가 있는 나로서는 더욱 그렇다.

선택의 결과가 가볍거나 내 삶에 영향이 적다면 그냥 경험했다 치면 되지만, 그렇지 않다면 쉽게 넘길 수 없다. 신중해야 한다. 다른 사람의 조언도 들어보는 게 도움 된다. 그렇게 신중하게 생각하고 조언을 얻어도 내가 끌리는 쪽은 따로 있다. 처음엔 똑같은 무게처럼 느껴지지만, 시간이 조금씩 지나고 생각을 거듭할수록 한쪽으로 조금씩 기운다. 누군가와 그에 관해 이야기하다 보면 나도 모르게 생각이 치우치고 있다는 걸 알게 된다. 기울지 않았던 쪽에 대한 아쉬움이 커지면 결정하는 시간이 길어질 뿐이다.

그 순간에는 선택한 결과가 좋은지 나쁜지가 중요하지 않다. 누군가의 충고에 따라서 기울었든 자기만의 생각이었든, 그 결과는 아직 모른다. 내가 한 결정을 옳은 선택으로 만드는 것만이 그 후에 내가 할 일이다.

큰딸이 본사가 있는 부산으로 발령받을 것 같다고 했다. 어디에 숙소를 정해야 할지, 어떤 형태의 숙소로 정할지 모르겠다며 주말 저녁에 얘기하자고 했다. 본사 교육에 참여한 후 혹시 그쪽으로 발령받으면 갈지도 모른다며 미리 봐뒀던 곳이 있다고도 했다. 회사 바로 옆 오피스텔부터 10~20분 정도 대중교통 거리에 있는 아파트까지 몇 군데 봐두었다고 했다. 각 주거지의 좋은 점과 마음에 들지 않는 점을 말했다. 아직은 확실하게 정하기 힘든 모양이다. 가장 중점을 두는 부분이 무엇인지 물어보았다. 안전이라고 했다. 집에서 멀리 떨어져 혼자 살아야 하기에 안전이 최우선이라고. 큰딸은 딸 넷 중 유독 집에 오는 걸 좋아한다. 학창 시절 하교할 때도 빠른 걸음으로 집에 오느라 친구들이 따라잡기 힘들다고 했을 정도였다. 그래도 직장인이니 발령을 받아들여야 할 테지만, 멀리 가는 것이 나도 신경 쓰였다.

무언가를 선택할 때는 세 가지를 고려하게 된다.

먼저, 내가 원하는 일인가? 나이 40에 일을 해야 했다. 그 나이에 할 수 있는 일은 요식업 주방 보조일 뿐이라고 주변에서 말했다. 전업주부가 쉽게 접근할 수 있는 일이 없을 거라고. 나이 제한 때문에 취직하기 어려웠음에도 직접 찾아가서 말해보았다. 그 덕분에 내가 하고 싶은 일을 할 수 있었다.

둘째, 기꺼운 마음으로 할 수 있는 일인가? 내가 좋아하는 과목을 선택했다. 체력 소모가 더 되더라도 좋아하는 과목이어서 즐겁게 가르칠 수 있었다. 체력적인 피곤은 정신적 피곤보다 덜하기 때문이었다.

셋째, 내가 감당할 수 있는 일인가? 수학을 가르쳤다면 처음 1, 2년 정도는 공부하며 가르쳐야 했을 것이다. 수업 준비하는 시간도 다른 사람보다 더 많이 써야 했을 터. 아이 넷을 키우면서 그 시간까지 내려면 만만치 않았을 거다. 물론 영어를 가르치면서도, 실수하지 않으려면 공부해야 했다. 수학 과목보다는 시간 할애를 덜 했을 뿐이다.

선택이란 어려운 일이다. 가지 않은 길에 대한 미련이 남을 테니까. 하지만 나만의 기준을 가지고 그 기준에 맞춰 결정한다면 어렵지만도 않다. 내선택이 옳고 그른 것은 내가 만든다. 그 선택이 옳았다는 걸 보여주기 위해 스스로 얼마나 노력했느냐에 따라 달라질 테니까. 미국 프로 농구 전 코치이며 마이애미 히트 팀의 사장이었던 팻 라일리(Pat Riley)의 말을 들어보면 더 확연해진다.

"선택의 기회를 찾고, 최선의 것을 골라 그 선택에 따라 행동하라."

10

할머니도 'N 잡러'가 될 수 있다

이성애

'N 잡러'는 젊은 사람들의 이야기일까?

어느 순간부터 'N 잡러'라는 단어가 우리 사회에 자리 잡았다. 하나의 일이 아닌 여러 가지를 동시에 하는 사람들이 늘어나고 있다는 말이기도 하다. 그 N 잡러가 젊은 세대의 전유물만이 아니라는 걸 내 삶에서 보여주었다.

나무 키우는 집으로 시집갔다. 결혼 후 시아버님이 연로하면서 남편이 사업을 이어받았다. 사업을 잘 이끌어갈 수 있도록 농장 뒤치다꺼리를 도맡아 해내었다. 사업은 확장되었고, 정부 공사 입찰을 볼 수 있는 법인설립 즉 조경회사를 차렸다. 조경회사 설립과 공사 입찰을 하면서 나도 전문성을 갖춘 조경인이 되기로 했다.

그 과정에서 조경기능사 자격증을 취득하여 'SA 산업개발' 대표가 되었고 여성 기업인으로 이름을 올렸다. 이제 나무를 키우는 사람을 넘어, 자연과 조화를 이루는 공간을 설계하는 조경인이 되었다.

드럼을 두드렸는데 노래 강사가 되었다. 놀라운 것은 나는 노래를 잘하는 사람이 아니었다는 거다. 내가 깨달은 노래 강사란, 노래 실력이 좀 부족하더라도 회원이 원하는 게 무엇인지 파악하고 그 기대를 충족시켜 주는 거였다. 회원들의 눈높이에 맞췄더니 명강사라는 평도 받았고, 노래 강사라는 직업도 얻게 되었다.

코로나를 맞으면서 위기가 왔다. 노래 강사로는 강단에 설 수 없었다. 고민에 빠졌다. 마스크를 쓰고도 할 수 있는 활동이 무엇일까? 궁리 끝에 선택한 일이 타악기 강사였다. 일회용 숟가락, 플라스틱 컵, 소고, 드럼 스틱 등 저렴하고 휴대하기 쉬운 생활 도구를 활용했다. 이러한 수업은 좌뇌와 우뇌를 자극하여 치매 예방에 탁월했다. 코로나로 답답해하는 어르신들에게 즐거움이 되어 건강 증진에도 도움을 주었다.

타악기라 해서 단순히 두드리는 데서 그치지 않았다. 회원들의 흥을 돋우는 노래가 무엇인지 살폈다. 민요였다. 난 춤추는 건 젬병이고 몸치였다. 그래서 한국무용을 배우며 발 뛰는 동작, 손끝 움직이는 율동을 수도 없이 연습했다. 강사가 장단에 맞추지 못하면 수강생들에게 신뢰받지 못할 테니까.

타악기 수업하면서 보다 체계적이고 효과적인 진행을 위해 『이성애 실버 타악 퍼포먼스』라는 책을 출간했다. 나만의 차별화된 수업을 하고 싶어서였다. 이 책은 어디서도 볼 수 없는 내용으로 만들었다. 어르신들이 악보 보기를 힘들어하기에, 구음(입으로 소리 내는 음)으로 장단을 맞출 수 있도록 엮었다. 책을 출간한 후 음악 치료사란 자격도 얻었다.

외손주가 영어 공부를 할 만큼 했는데도 성적이 오르지 않는다며 딸이 속상해했다. 그러면서 손주에게 아침에 책을 읽어달라고 했다. 손주가 영어 독해를 잘 못하는 건 영어 자체를 몰라서가 아니라 한글 문장에 대한 이해력, 바로 문해력이 부족해서란다. 문해력을 높이려면 책을 읽어야만 하니 나에게 부탁을 한 거였다. 손주와 읽었더니 입소문을 타며 손주 친구들까지 참여하게 되었다. '책 읽어주는 핼미'라는 브랜드가 생겼고, 또 하나의 직업을 갖게 되었다.

코칭 프로그램은 상대를 원하는 곳으로 데려다주는 게 아니라, 그들이 원하는 곳으로 갈 수 있도록 지원해 주는 거란다. 손주들이 그 길을 스스로 찾아갈 수 있도록 독후 활동으로 기자 놀이, 호스트 놀이, 출판사 놀이를 하면서 사고력과 표현력을 키우고 자신감을 심어주고 있다. KAC 코치가 된 덕분에 이러한 일을 할 수 있었다.

손주들과 독서 모임을 하면서 책을 읽었으면 글을 써야 한다고 느꼈다. 글쓰기는 생각을 정리하고 논리적으로 표현하는 과정이다. 주제를 명확히 정하고, 이를 차례로 풀어내야 하는데, 나는 그럴만한 능력이 부족했다. 그 실력을 키우기 위해 자이언트 라이팅 코치 양성 프로그램에서 공부하고 있다. 글쓰기는 단기간에 늘지 않는다. 꾸준히 쓰고 다듬어야만 한다. 이를 실천하기 위해 매일 일기를 쓰고, 동시에 손주에게 코칭을 하며 배운 것을 적용하고 있다.

나의 삶은 끊임없는 도전의 연속이다. 사업가로 시작해 노래 강사가 되었고, 타악기 강사로 활동하며, 음악 치료사가 되었다. 또 책 읽어주는 햄미로 자리 잡으며 독서 코치도 되었다. 이어 글쓰기 코치까지. 다양한 일을 하며 N 잡러로 살고 있다. 중요한 건 특별한 능력이 있어야 하는 게 아니라, 주어진 상황에 필요한 거다 싶으면 배우고 거기에 맞게 적용했을 뿐이다.

N 잡러가 되기 위해 나이는 걸림돌이 되지 않는다. 새로운 도전을 받아들이고 배움을 멈추지 않는다면, 누구나 자기 일을 만들 수 있다. 나는 내가 가진 것들을 나누며 더 많은 사람과 만나고, 성장하는 기쁨을 느낀다. 이러한 나눔이 내가 N 잡러로 살아가는 원동력이다.

| 권경애 |

"가장 어두운 밤도 결국 끝나고 해는 떠오른다." - 빅터 위고
지금 삶이 흔들리고 있다면, 괜찮다. 질문해 보자. 그리고 자신의 중심을 향해 조용히
걸어가다 보면, 그 여정 위에 분명, 따뜻한 해가 떠오를 것이다.

| 권미숙 |

비록 가지 못했지만, 그 길은 내 마음속에서 여전히 빛나고 있다. 때로는 가지 않은 길
도 우리를 이루는 일부가 된다. 그 길이 없었다면 지금의 내가 될 수 있었을까? 우리
가 선택하지 않는 길도 우리 안에서 조용히 숨 쉬고 있다. 그 길은 사라지지 않았다.

| 김성숙 |

'사기꾼'이라는 말 한마디가 나를 화나게 했지만, 그 말과 친정엄마의 도움으로 공인
중개사 자격증을 취득했다. 일하면서 공부하기 힘들었다. 포기하지 않았기에 원하는
것을 가질 수 있었다.

| 김주하 |

일과 가정의 균형을 맞추기 위해 고군분투하는 나 자신을 돌아보았다. 버티는 것과
일 보 후퇴 모두 용기지만, 결국 후회 없는 선택을 통해 도전하는 삶을 걷게 되었다.

| 박찬홍 |

건강은 나와 가족의 행복을 지키는 가장 중요한 기반이다. 인생의 황금기인 40~50대에겐 더더욱 그렇다. 몸이 보내는 작은 신호에 귀 기울이고, 미리 돌보는 습관이 최고의 예방이다.

| 백오규 |

문 · 이과의 경계를 고집하는 것은 더 이상 의미가 없다. 가지 않은 길에 관심 두는 것이 넓은 시각을 위한 통합의 기본이며, 발전을 넘어 혁신으로 나아가는 첫걸음이다.

| 안은희 |

행복은 늘 곁에 있지만, 우리는 그것이 당연한 듯 믿고 살아간다. 인생의 방향이 예고 없이 바뀌는 순간, 비로소 알게 된다. 가장 소중한 것은, 이 순간, 가족과 나누는 따뜻한 마음이다.

| 유윤희 |

주어진 자리에서 최선을 다하면, 노력은 결실이 될 것이다. 언젠가 준비된 자세로 기회를 맞아 완성해 낸다면 성공에 가까워질 것이다.

| 이경숙 |

선택이란 어려운 일이다. 가지 않은 길에 대한 미련이 남을 테니까. 하지만 나만의 기준을 가지고 그 기준에 맞춰 결정한다면 어렵지만도 않다. 내 선택이 옳고 그른 것은 내가 만든다. 그 선택이 옳았다는 걸 보여주기 위해 스스로 얼마나 노력했느냐에 따라 달라질 테니까.

| 이성애 |

N 잡러가 되기 위해 나이는 걸림돌이 되지 않는다. 새로운 도전을 받아들이고 배움을 멈추지 않는다면, 누구나 자기 일을 만들 수 있다. 나는 내가 가진 것들을 나누며 더 많은 사람과 만나고, 성장하는 기쁨을 느낀다. 이러한 나눔이 내가 N 잡러로 살아가는 원동력이다.

3장

인생 2막을
살아가다

인생 후반전을
가득 채우는 오늘

마음으로 보다

권경애

"엄마, 갔다 올게."

이 한마디를 전하고 집을 나선다. 사회복지사 자격증을 따기 위한 실습 기간이다. 실습 기관은 장애인 주간 보호 센터다. 살면서 요즘처럼 장애인을 자주 만나는 건 처음이다. 어린 시절 우리 뒷집에는 뇌성마비 아이가 있었다. 날씨가 좋은 날이면 동네 할머니들이 마을 공터에 자리를 펴고 앉아 노시곤 했다. 그 아이는 할머니가 안고 나와서 우리가 노는 것을 지켜보았다. 우리는 놀다가 그 아이에게 다가가 이야기를 나누었다. 같이 놀이하는 것처럼, 뛰어놀다 얘기하다 다시 뛰어놀았다. 그 아이는 우리와 같은 동네 살았고, 할머니 품에 있는 것을 우리는 당연하게 여겼다. 그 아이에 대한 편견은 없었다.

장애인 기관에서 실습하는 요즘 그 아이 생각이 부쩍 많이 난다. 어떻게 지내고 있을까? 시설에 들어갔을까? 아니면 여전히 부모님과 함께 지낼까? 친정집은 이사를 한 번도 가지 않아서 결혼할 무렵, 그 아이를 만나러 간 적이 있었다. 어린 시절 모습 그대로, 경직되어 굳은 팔과 다리를 엑스자 형태로 꼰 채 방 한쪽에 누워 있었다. 나를 기억하면서 반갑게 "누나"라고 불렀다. 그 애에게 난 어린 시절 같이 놀았던 옆집 누나로 남아 있었다. 그때 그 애를 마지막으로 보았다.

나는 눈이 매우 나쁘다. 안경을 쓰지 않으면 앞이 보이질 않는다. 노트북의 작은 글씨는 화면 앞으로 얼굴을 바짝 갖다 대야 읽을 수 있다. 안경은 어린 시절부터 썼기에, 내 몸의 일부처럼 자연스러운 물건이다. 오죽하면 안경 끼고 안경을 찾고, 안경 끼고 세수하기도 했다. 그런 안경이 아이를 키울 때는 아주 불편했다. 새벽에 아이를 돌볼 때나, 화장실 갈 때나, 물을 마시러 가는 모든 순간 안경을 먼저 찾아야 했다. 이런 일상이 불편했지만, 나는 어둠에 갇혀 살지는 않았다. 문득 궁금해졌다. 만약 안경이 없었다면, 아예 보이지 않는다면 어떨까? 눈을 감고 잠시 소파에서 일어났다. 방향감각이 사라졌다. 어둠 속에서 거실을 떠올리며, 내가 지금 있는 곳에서 화장실을 가려면 몇 걸음을 가야 할까? 어느 방향으로 가야 할까? 손을 허공으로 휘저으며 한 발짝씩 조심스럽게 내디뎠다. 화장실로 가려면 안방을 지나야 한다. '이 방향이 맞을 거야.' 머릿속에 그려가며 한 발짝 더 내디뎠다.

"아야!"

앞으로 한 발을 내디뎠을 때, 뒷다리의 무릎이 문에 부딪혔다. 분명 조심스럽게 걸었는데도 말이다. 순간 나도 모르게 눈이 떠졌다. 보이지 않는다고 생각하니 정말 무서웠다. 나는 일부러 눈을 감아보았지만, 시각장애인들은 어떻게 생활할까? TV에서 시각장애인 엄마가 아이에게 젖을 먹이는 장면을 보았다. 보이지 않으니, 손끝으로 아이의 입을 찾아서 젖병을 물려주고 있었다. 그 사이, 우유 한 방울이 아이의 얼굴에 떨어졌지만, 엄마는 알수 없었다. 어서 젖병을 물려 배고파 우는 아이를 달래야 했다. 그 마음은 어땠을까? 장애인 엄마가 비장애인 아이를 키우는 마음과 장애인 아이를 키우는 비장애인 엄마 마음을 상상해 보았다. 감히 그 마음을 헤아릴 수 없었다. 장애인 주간 보호 센터 일과 중 하나는 점심 먹는 것을 돕는 일이다.

"맛있니? 천천히 먹어. 매워? 어때. 맛있지? 골고루 먹어야지."

우리 아이들을 키울 때처럼 어린 아기에게 말하듯 하며 점심 먹는 것을 돕는다.

어느 날, 새로 온 사회복무요원이 의아스러운 듯 묻는다.

"알아듣지도 못하는데 무슨 말을 그렇게 해요?"

"엄마잖아요. 애 키운다고 생각하면 돼요. 어릴 때 애들 밥 먹이듯 하는 거죠."

사람들은 사회복무요원처럼 생각할 수도 있다. 어느 날, 복지사 선생님의 "말 좀 해줄래?"라는 말이 귓가에 맴돌았다. 세상에서 가장 슬프고, 간절한 요청이었다. 그 장애인의 부모는 아이에게 얼마나 많이 그런 말들을 했을까?
"잘 잤어? 뜨겁니? 맛있니? 말 좀 해줄래? 사랑해. 미안해."

집에 돌아와 아이를 불렀다.

"수빈아, 엄마 왔어."
"....."
"아무도 없니?"

방문을 벌컥 열었다.

"엄마, 언제 왔어? 이어폰 끼고 있어서 못 들었어."

그 말을 들으니 올라오던 화가 내려간다. 동시에 센터에 있던 아이들이 생각났다. 우리 아이들은 부르면 답을 해준다. 이유도 설명한다. 화도 낸다.

뛰어놀 수도 있다. 밥도 스스로 먹는다. "엄마"라고 부르며, 나를 안아주고 눈을 맞춘다. 말은 단순하지 않다. 입에서 나오는 소리보다 더 깊은 사랑과 소통의 의미가 녹아 있다.

　우리나라 등록 장애인 비율은 2023년 기준 264만 2,000명으로 전체 인구 대비 5.1%라고 한다. 전체 장애인 중 노인 비율은 54.3%다. 고령화 사회로 가는 흐름에 따라 장애인 비율 또한 고령화의 영향이라 생각할 수 있다. 하지만 후천적인 장애와 고령화로 인한 장애가 더 많다. 어떤 일이든 예고 없이 찾아오기 마련이다. 장애도 예외일 리 없다. 그 과정에서 겪게 될 변화를 지금은 알 수 없다. 다만 나를 바라보는 사람들의 눈빛을 떠올릴 수 있었다. 안타까움과 측은함의 눈으로 보기도 하지만, 혐오의 시선으로 보고 나를 피하기도 할 것이다.

　원치 않는 친절과 배려도 있을 것이다. 엄마의 여행 에피소드가 떠올랐다. 엄마가 여행팀에서 나이가 가장 많았다고 하였다. 그래서인지 사람들이 엄마를 많이 배려해 주었다고 하였다. 고맙지만, 원치 않는 배려에 기분이 좋지 않았다고도 하셨다. 연세 많은 분에게 응당하는 배려라 생각하며 해준 그들의 행동이 오히려 부담스러웠다고 했다. 같이 간 사람들을 불편하게 만든 것 같아 미안하더라고 하셨다. 충분히 할 수 있는 일을 장애인이라는 이유만으로 도움을 준다면, 그들 또한 자신이 무시당했다고 또는 타인에게 불편을 주는 존재라고 느낄 수도 있을 것이다. 장애인이라 불편할 거라는 편견, 할 수 없을 것이란 판단이 그들에게 상처가 될 수 있다.

시각장애인의 삶을 그린 단편영화 〈두 개의 빛: 릴루미노〉에서 한지민 배우가 시각장애인으로 연기했다. 길을 걷던 중에 지나가는 할머니가 다가와 팔을 잡으며 도움을 주려고 하는 장면이 있다. 그 순간, 한지민 배우는 깜짝 놀라며 자리에 주저앉았다. "할머니, 저 그냥 두는 게 도와주시는 거예요." 라고 말했다. 이 장면이 유독 기억에 남는다. 세상 속에서 각자만의 살아가는 방식이 있다. 장애가 있거나 없거나, 모두의 삶의 방식은 다를 수밖에 없다. 다름의 차이를 인정하고 서로의 삶을 존중한다면 더 따뜻한 사회가 될 것이라 믿는다.

엄마는 만능 키오스크다

권미숙

　남편과 함께 예배를 마치고 모처럼 샐러드 가게를 찾았다. 직원에게 주문하려니 기둥처럼 우뚝 서 있는 키오스크에서 직접 주문하라고 한다. 무딘 손으로 메뉴판을 보고 그동안 먹어보지 못한 메뉴를 골라서 더듬더듬 주문했다. 그런데 잘못 터치하여 남편과 같은 스비드 목살 샐러드로 주문했다. 취소하려니 갑자기 진땀이 났다. 뒤를 돌아보니 줄이 길게 늘어섰다. 보다 못한 직원이 나와서 취소한 후 원하는 샐러드를 대신 주문했다. 코로나 시기 동안 비대면 서비스가 늘어나면서 음식점, 카페, 은행, 공공기관 등에서 키오스크를 많이 사용한다. 코로나 이전에는 음식점에 가면 이 집에서 가장 맛있는 게 뭐냐고 물었다. 사장님이나 직원과 몇 마디 주고받으며 정감 있게 지내던 모습이 사라지고 있다.

요즘 결혼식장에도 키오스크가 등장했다. 신랑, 신부 측 하나 선택하고 축의금 입력하고 결제하면 식권과 주차권이 자동으로 발급된다는 뉴스를 접했다. 여론이 갈리고 있지만 축의금 절도와 같은 문제를 예방할 수 있는 긍정적인 면도 있다. 그리고 바쁜 결혼식 날 편리하게 이용할 수 있다는 점에서 환영받고 있다. 그러나 우리 세대는 아직은 '정(情)'이다. 혼주 손 붙잡고 덕담이라도 나누어야 하는데 결혼식이 고지서 납부하는 것처럼 정이 없어 보인다는 의견도 분분하다. 디지털 기기에 익숙하지 않은 나이 드신 분들에게는 불편한 게 사실이다.

그러나 이제 우리 생활 깊숙이 파고든 키오스크, 챗GPT, AI까지, 함께하지 않으면 안 되는 시대가 되었다.

지난주 어머니 기일이라 고향을 향해 고속도로를 달렸다. 날씨가 추워 차창 유리까지 얼음이 얼어 뿌옇다. 날씨는 비록 춥지만, 형제들 만날 생각에 마음만은 따뜻하다. 한참 달리다 보니 여산 휴게소에 도착했다. 아픈 허리도 펼 겸 간단하게 스트레칭한 후 휴게소 안으로 들어섰다. 즉석에서 바로 튀겨 나오는 꽈배기를 입에 물고 있는 이영자 씨 표정이 행복해 보인다. 여행길에는 기름기가 도는 달짝지근한 별미도 맛보고 싶다. 언니와 나는 망설이다 결국 주문하고 단말기에 카드를 꽂았다. 금요일이라 매장은 한가했다. 그런데 기다리는 꽈배기가 나오지 않았다. 직원을 불러 세우며 "주문한 꽈배기 언제 나와요?" 직원이 키오스크 화면을 돌리더니 "꽈배기 몇 개입니까? 세 개 오천 원 일곱 개 만원인데요." '아차, 또 실수했네.' 습관이 안 돼 말로만 주문하고 키오스크에 제대로 입력하지 않았던 거였다. 아직도 여전 히 키오스크 사용이 어설프다.

칠십이 눈앞이다. 스마트폰으로 정보 공유뿐만 아니라 다양하게 이용할 수 있는 기술을 틈나는 대로 배우고 있다. 오장육부가 아닌 오장칠부로 간 밑에 스마트폰이라는 말이 있다. 스마트폰을 이용해서 챗GPT 사용도 겨우 하고 있다. 배우고 익히는 데 어려움을 겪지만 코로나 기간에 다른 세상을 많이 경험했다. 직접 얼굴 볼 수 없어도 '줌'을 이용해서 핸드폰이나 컴퓨터 로 목장 모임도 했다. 아버지 기일을 맞아 형제들끼리 영상으로 추도 예배 도 드렸다. 현장에 가서 글쓰기 수업을 수강한다면 거리상 갈 수 없다. 그런 데 줌 덕분에 글쓰기 강의도 듣고 있다. 정겹게 지내왔던 문화가 사라져도 편리하게 배울 수 있어 좋다.

요즘 더 빠른 속도로 AI가 우리 생활 깊숙이 파고들었다. AI와 공존하는 법을 각종 책과 유튜브에서 가르쳐준다. 이제는 AI가 경쟁의 대상이 아니 라고 생각한다. AI는 내가 부족한 부분을 채워줄 수 있는 좋은 동반자가 된 듯하다.

어린 시절 엄마는 늘 우리 곁에서 키오스크 역할을 했구나, 하는 생각이 든다.

엄마가 천국 가시기 전 우리 집에서 4년 동안 같이 살았다. 엄마는 기억력이 좋았다. 챗GPT에게 물어보는 것처럼, 우리 형제들 어릴 적 이야기를 물었다. 그럴 때마다 엄마는 곰삭은 묵은지처럼 큰오빠 자랑부터 늘어놓았다. 선생님이 수학 문제를 내면 먼저 손 들고 일어서는 동안 계산해서 맞추었다고 신이 나서 말씀하셨다.

"너랑 막내 오빠는 입이 짧아서 애를 많이 태웠다."

"그럼 뭐해서 멕였어?"

"너는 밀가루 음식 좋아해서 툭하면 술빵을 쪄달라고 졸랐제. 밀가루에 막걸리, 소금, 설탕도 귀해서 사카린 넣고 반죽해서 장독대에 반죽 양푼을 올려놓고 밭에 갔지. 햇빛이 좋을 때는 덮어논 쟁반 밑으로 반죽이 부글부글 끓어올라 넘쳐서 흘러내릴 때도 있었제. 그래도 그때 찌면 든든해서 맛없다 잉, 주걱으로 서너 번 위아래로 잘 뒤집어줘야 연하고 맛있제, 술빵이라고 다들 하찮게 보지만 정성이 들어가야 한다."

엄마는 그 시절로 돌아간 듯 술빵에서 수제비, 팥 칼국수로 넘어간다. 엄마가 쪄준 술빵은 보들보들하니 구멍이 숭숭 뚫렸다. 양껏 먹어도 질리지 않는 빵이 내 입에 들어오는 시간은 족히 열 시간도 넘게 걸렸다.

눈이 쌓여서 섬진강이 내려다보이는 엄마가 누워 계신 산소까지 오르지

다시 쓰는 내 인생의 페이지

못했다. 올라가는 길목에 차를 세우고 "엄마! 우리 왔다 가요." 인사하고 부모님 생전에 계셨던 빈집으로 돌아왔다. 인절미와 과일 담긴 쟁반 들고 부산에서 온 오빠는 아버지 방에서, 며느리와 딸들은 엄마 방에서 얇은 홑이불 하나 깔고 누었다. 뜨끈뜨끈한 구들장이 옛날 세상으로 우리를 데려다준다. 그것도 잠시 스마트폰을 각자 들고 있다. 올케언니랑 오빠는 추도 예배 준비하느라 열심히 핸드폰으로 작업 중이다. 언니는 붓글씨 쓰는 동영상을 시청한다. 우리 짝꿍은 고향에만 오면 스마트폰이 쉴 새 없이 울린다. 나는 챗GPT를 이용해서 글을 쓰고 있다. 청솔가지로 아궁이에 불 때지 않아도 방이 뜨끈뜨끈하니 좋다.

"아이! 니기들이 와 있는 게 좋다." 엄마는 집에서 여러 가지 음식을 만들어 보관해 둔 광에서 유과와 엿을 양손에 들고나오셨다. "니기들 묵고 잔대로 묵어라." 하시며 '키오스크'처럼 서 있는 모습이 스친다. 그 키오스크는 버튼 하나 누르면 나오는 기계가 아니라 '사랑'으로 움직이는 손이었다.

엄마가 차려주던 밥상이 그립고 아무 고민 없이 받아들일 수 있던 '사랑'이라는 이름의 술빵도 그립다. 우리에게는 정이 없어 보이지만 식당 주인에게는 인건비를 줄여서 편리하다. 거리상 갈 수 없어 듣지 못할 수업이라도 앉아서 들을 수 있어 좋다. 하지만 따뜻한 엄마 키오스크처럼 정이 그리운 건 사실이다.

공부는 함께 가는 친구

김성숙

공부는 환경이 중요하다. 큰아이가 다니는 세부에 있는 학원의 운영방침 중 첫 번째가 아이들의 핸드폰 사용을 금지하는 것이다. 물론 TV도 없다. 아이와 소통은 일주일에 한 번, 일요일에 10분간 페이스톡으로 통화할 수 있다. 공부에 집중할 수 있는 최적의 환경을 갖추기 위해서다. 겨울 캠프가 끝나갈 때쯤 "거기서 계속 공부하는 건 어때?" 하며 아이에게 물었다. 아이는 돌아오기만을 기다렸다는 듯 울면서 한국으로 오고 싶다고 했다. 나도 마음이 흔들리며 갈등이 생겼다. 한국으로 오라고 할까? 그러나 아이 미래를 생각하면 거기서 계속 공부를 하는 게 맞다. 마침 코로나로 돌아올 비행기도 마땅치 않았다. 큰아이에게 코로나 탓을 하며 한국에 돌아올 수 없다고 말했다. 학원에 1년 치 수업료를 선불로 낸 터라 수업료 환급이 안 된다고 설명하며, 당분간은 더 그곳에서 계속 공부해야 한다고 아이를 억지로 설득했다. 덕분에 아이는 한국으로 오는 것을 포기하고 세부에서 공부에 몰두했다.

아이의 토익점수가 해마다 향상됐고 학교생활에도 잘 적응했다. 통화할 때마다 항상 "넌 할 수 있다. 파이팅!"이라고 응원을 보냈다. 큰아이는 공부를 나름 잘했다. 큰아이가 12학년을 잘 마치길 기도했다. 반면 작은아이는 유튜브와 게임에 빠져 공부와는 전혀 거리가 멀었다. 작은아이도 빨리 세부로 보내야겠다는 생각이 들었다. 작은아이는 가기 싫어하는 눈치였다.

"엄마 안 가면 안 돼? 안 갈 방법을 알려줘."
"여기서 죽거나, 세부 가서 살거나 선택해!"

나는 아이에게 둘 중 하나를 고르라고 했다. 형과 너를 차별해서 공부시키고 싶지 않으니 이 기회를 잡으라고 덧붙였다. 2년이 지나 코로나가 끝났다. 마침내, 작은아이도 세부로 가는 첫 비행기를 탔다.

공인중개사 시험공부를 할 때 공부를 쉬었던 기간이 오래되어 힘들고 어려운 시기가 있었다. 시험공부를 하며 공부에도 때가 있다는 것을 절감했다. 그래서 나는 아이들에게 공부할 수 있는 타이밍에 관해 이야기해주고 미래를 준비하자고 일러주었다. 시간은 금보다 귀하다. 금은 남아 있지만 시간은 없어져 버리지 않은가! 시간은 되돌릴 수 없다. 시간을 허투루 낭비하지 말아야 하는 건 더 말하지 않아도 뻔하다.

공인중개사 공부를 마치고 사이버대학 부동산학과에 입학했다. 책을 봐왔던 터라 공부하기가 힘들지 않았다. 덕분에 무사히 4년을 마치고 졸업했다. 대학원 진학을 생각했다. 하지만, 아이들 교육이 먼저라 판단되어 잠시 보류 중이다. 자격증 취득 하나로 나의 많은 것들이 변하고 있었다.

"엄마, 교회 다녀도 돼?"
"당연히!"

나는 종교가 없지만 아이들이 세부에서 교회를 다닌다고 했을 때 흔쾌히 동의했다. 청소년기는 가치관이 확립되는 시기이다. 그러니 종교는 자연스럽게 아이들 스스로 선택하길 희망했다. 큰아이는 가족과 떨어져 지낸 기간이 5년째이다. 속속들이 보지 않았어도 홀로 버텨온 생활이 힘들었을 것이다. 종교는 정서적 안정감을 주어 외롭고 힘들 때 의지도 되니, 종교가 있으면 나쁠 게 없다고 생각했다. 큰아이는 초등학교 5학년 때부터 기타를 배웠는데, 덕분에 그 교회에서 베이스 기타를 친다. 그게 아이에게 힘든 생활을 이겨내는 유일한 도구이자 나름 탈출구인 듯했다. 한국에서부터 기타를 가르쳤던 것이 다행이었다. 세부 교회에서 봉사 활동하며 자신감 있게 생활하는 큰아이가 기특했다.

돌이켜 보면 지금 누구를 만나고, 무엇을 하는지가 중요하다. 공인중개사 학원에서 만났던 미선 언니는 나에게 독서 모임에 참여할 것을 권했다. 또한 그 독서 모임을 통해 다양한 자기 계발 강의에도 초대받았다. 그 언니 덕분에 책과 친해지게 됐고, 강의를 들으며 나의 부족한 부분을 채워갔다. 언니에게 선물 받은 3P 바인더는 나의 시간 관리에 큰 도움이 되었다. 그 바인더 덕분에 중요한 일과 해야 할 일, 지나온 시간을 어떻게 관리해 왔는지, 또 앞으로 어떻게 활용할 것인지 미리 정리함으로써 보다 효율적으로 시간을 활용할 수 있었다. 중요하고 처리해야 할 일을 미리 적어 놓으니 성과도 있었다. 이런 나의 모습이 아이들에게 영향을 미쳤음에 틀림없다.

나는 고시원 업계 최초 여자 실장으로, 고시원 중개만 23년 차다. 고시원 매도인과 매수인을 매칭 해주는 일, 이 중개업이 나에게 천직이다. 내가 거래를 성사한 고시원에서 원하는 수익을 올려 부자가 된 고객들을 보면 뿌듯하고 기분 좋다. 혹여 내가 중개한 고시원에 문제라도 생기면 나는 내 일처럼 적극적으로 문제에 끼어들어 그걸 해결하고자 한다. 어려운 문제를 해결했을 때 최고의 보람을 느낀다. 중개업의 종류는 무수히 많지만 난 고시원 매매 일을 사랑한다. 고시원은 휴머니즘 사업이기도 하다. 오갈 곳이 없는 사람들이 사는 곳. 그곳엔 잠시 스쳐 지나가는 사람들도 있고, 아예 터를 잡고 사는 사람들도 있다.

시시각각 변하는 현실에서 마케팅을 모르면 사업에 실패하기 쉽다. 고시원 사업도 그렇다. 고시원은 단기 임대 1인 주거 시스템이다. 마케팅도 여기에 초점을 두고 해야 한다. 네이버 플레이스, 파워링크나 블로그, 인스타 등에 나의 영업장을 홍보해야 한다. 이용자 타깃이 명확한 만큼, 광고를 어떻게 할지가 더욱 중요하다. 사업의 성패도 여기서 갈린다. 물론, 광고는 돈을 주고 맡길 수도 있다. 하지만 끌려다니는 삶을 살지 않기 위해서는 스스로 알아야 한다. 광고 방법을 배워야 하는 이유다.

몇 개월 동안 함께 일했던 이경숙 작가의 개인 저서 『사교육 없이도 잘만 큽니다』의 출간이 나에게 신선한 충격을 주었다. 그래서 나도 글쓰기 수업을 신청했고 온라인으로 글쓰기 수업에 3년째 참여하고 있다. 코로나로 온라인에서 사람들을 만나게 되었고, 오프라인 강의는 '줌' 강의로 전환됐다. 글쓰기 수업 덕분에 고시원 창업에 대한 전자책 『나는 고시원으로 10억 벌었다』를 출간할 수 있었다.

전자책을 출간하고 나서, 고시원에 대한 유튜브 강의를 준비했다. 강의를 준비하며 부족한 게 많음을 깨달았다. 무엇보다 말을 잘하고 싶었다. 아나운서 정도는 아니더라도 나의 의도를 정확히 전하고 싶었다. 그런 생각을 하고 있을 때, 글쓰기 수업에 참여 중이던 김한송 작가가 '품격 스피치 수업'을 열었다. 필요하다는 생각에 1기로 수강했다. 말을 잘하려고 수업에 참여했지만, 막상 말을 하려니 입이 떨어지지 않았다. 버벅거리고 발음도 꼬이는 게 형편없었다. 이대로는 유튜브를 촬영할 수 없을 것 같았다. 스피치 수업 후 과제가 있었는데, 대본을 쓰고 자연스럽게 읽는 동영상 과제물을 강사에게 보냈다. 그 자료를 다음 수업에 활용하면 강사가 피드백해 주었다. 내가 가진 문제는 한두 가지 아니었다. 말할 때 힘이 들어가니 말이 엉성하고 매끄럽지 않았다. 창피했다. 여기서 멈추면 더 창피할 것 같아서 될 때까지 계속했다. 그렇게 1년이 지났다. 처음엔 북한 군인처럼 말했던 내가, 지금은 자연스럽게 내 의도를 전할 수 있게 됐다. 그런 나를 보며 강사는 그만 배워도 되겠다고 말했다.

고시원 컨설팅 방법을 바꿔 보려고 글쓰기 수업과 스피치 수업을 수강했지만, 컨설팅엔 적용하지 못하고 있다. 컨설팅에 관해 여러 방법을 고민한다. 나는 평상시에 힘주어 빨리 말하는 버릇이 있다. 말이 빨라 상대방이 알아듣지 못할 때가 많다. 스피치를 배운 덕분에 말할 때 힘을 빼게 되었고 발음 연습을 통해 대화가 한결 여유로워졌다. 글쓰기 수업 덕분에 이제 내 글도 쓴다. 힘을 빼고 보니 인생은 속도의 문제가 아니란 걸 알게 되었다. 바쁘게 살면서 놓치는 것도 있었지만, 이제는 여유로워졌다. 이 배움이 나를 변화시켰다. 삶의 마지막 순간까지 공부가 내 인생과 함께할 것을 의심하지 않는다.

나를 위한 갭이어(gap year)

김주하

"무슨 일 있었어? 갑자기 퇴사라니!"

"난 못해. 공포감까지 느껴졌거든. 참고 더 다녀야 할 것 같아."

"선배로서 더 못 챙겨줘서 미안해."

    나를 걱정하면서 건넨 말들이었다. 퇴사하려는 내 결정을 말리면서 말이다. 그렇다면 퇴사는 언제 하는 게 맞을지 나에게 물었다. 충주, 대전, 서울, 울산. 연고지도 아닌 곳으로 발령이 나서 이사를 많이도 다녔다. 안정된 직장이었지만 계속되는 순환 배치 근무 조건이 불만스러웠다. 더구나 내년이면 고등학생이 될 아이가 나 때문에 전학 갈 수도 있고, 가족 세 명이 이산가족처럼 떨어져 지내게 될 수도 있다. 정말 퇴사가 답일까. 막상 그만두려니 너무 나약한 것은 아닌지 자존심도 상했다. 남들은 다 해내는데 나만 견

다시 쓰는 내 인생의 페이지

디지 못하는 것 같아서 포기할 수는 없다며 나 자신을 다그치기도 했다. 하루를 버티고 한 달을 채우면 달콤한 월급도 받는데 말이다. 하긴, 돈이 들어와도 나를 위한 보상이라며 필요 없는 물건을 습관적으로 샀다. 그러다 보니 모아 둔 돈도 얼마 없었다. 악순환이었다. 그러고는 고민의 굴레에 빠지곤 했다. 뭔가 크게 잘못됐다고 느꼈다. 무엇보다 심적으로나 체력적으로 한계에 달했다.

회사는 보통 새해가 되면 연례행사로 시무식을 열며 업무를 시작한다. 회사에 다니면 알겠지만, 연간 계획, 주간 계획이며 여러 보고서를 작성한다. 회사 일은 줄줄이 사탕처럼 하나가 끝나면 또 다른 일이 기다리고 있다. 일의 진척에 따라 계획을 연장하거나 변경하기도 한다. 상·하반기 때마다 성과보고회를 하고 워크숍도 가진다. 반기마다 돌아오는 개인 성과평가도 심적 부담이 만만찮은 절차다. 어른이어도 회사 숙제와 성적표를 피할 순 없었다.

그 해의 시무식은 이상할 정도로 시시하게 느껴졌다. 해마다 반복되는 식순과 익숙한 얼굴들 때문이었을까. 다만, 강단 위에서 마이크를 잡고 새해인 만큼 각오를 새롭게 하라고 내 귀에 대고 압박하는 것 같았다. 시간이 흐를수록 무뎌지는 감정은 짙어졌다. 봄, 가을이면 게시판에 올라오는 젊은 직원들의 결혼 소식도 관심 없어졌다. 여름휴가 일정을 정한다고 직원들이 들떠 있을 때도 나는 흥미가 없어서 그냥 남는 일자를 선택했다.

"필수 의무교육 다 들었어? 이번 달까지 맞지?"

"난 그냥 컴퓨터 켜놓고 클릭만 해서 끝냈어."

해마다 전 직원이 받아야 하는 필수 의무교육도 대충 이수만 했다고 말했다. 연말이면 승진 발표가 있고 송년 회식도 한다. 그것 역시 남의 나라 얘기였다. 너무 익숙해서 새로울 게 없었다. 마음을 다잡고 도전하는 것이 두려웠다. 튀지 않는 중간쯤이 편했다. 20년을 다닌 직장이었지만 더는 버틸 수가 없었다. 나 자신이 빈껍데기 같고 집 없는 민달팽이처럼 느껴졌다.

"왜 이런 고생을 하는지 모르겠다."라며 신세 한탄하는 부서장들도 자주 봤고 정년퇴직을 앞둔 모 국장은 몸이 좋지 않아 병원에 다닌다는 말을 들으면 덜컥 겁이 났다. 옆 부서 김 부장의 가족은 서울에 있고, 혼자 울산에서 지내는 것도 안쓰러웠다. 그들의 모습이 곧 닥칠 내 미래 모습 같았다. 한 살이라도 젊을 때 다른 일을 해봐야 하지 않을까 고민했다. 어느 날 출근길에 사원 카드 속 웃는 내가 보였다. 젊고 생기 넘치는 모습이었고 그때는 하고 싶은 일도 많았다. 그날따라 목에 건 사원증이 무거운 족쇄 같았다. '욕심을 버리자, 자유로워지자.'라고 결심했다. 그렇게 직장 생활에 마침표를 찍었다.

늦잠을 잘 수 있어서 한동안 좋았다. 몸은 편했지만, 순간순간 불안하기도 했다. 무직, 전업주부, 전혀 다른 일상. 앞으로 남편 월급으로만 생활해야 한다는 걱정이 밀려왔다. 정체성에 혼란이 왔다. 나는 도대체 누구인지 알 수 없어 답답했다. 그동안 명함 뒤에 숨어 살았다. 명함을 버려버렸다. 더 이상 소속도 없고 연락할 사람도 없어졌다. 어떻게 무엇을 하며 보내야 할지 막막했다. 시계를 자주 들여다봤다. 정오가 되면 '구내식당에서 점심 먹을 시간이네.', 저녁 6시가 되면 '퇴근 시간이네.'라며 자꾸 회사 생각이 났다.

불안한 마음 때문에 편하게 집에만 있을 수가 없었다. 그래서 다양한 일을 시도해 봤다. 노후 대비를 위해 손해평가사 자격시험을 준비했다. 1차 시험에 합격한 후 곧바로 2차 시험을 준비했다. 여름 더위와 싸워가며 열심히 했어도 2차 시험에서 떨어졌다. 한동안 실망했지만, 그 또한 잠시였다. 어느 날, 마케팅 부업으로 월급만큼 벌었다는 광고를 보고 마케팅 공부를 시작했다. 6개월간 온라인으로 공부했다. 광고 마케팅은 직접 영업하는 것이 필수인데, 온라인 학습만 했던 나로서는 도저히 용기가 나지 않았다. 이 분야에 경험이 없던 내가 의욕만 앞세워 일을 한다는 것은 어불성설이었다. 또한 나는 돈을 벌 수 있을 거라는 기대에 부동산 경매 입찰에도 참여해 봤다. 경매 사이트를 들여다보며 경매에 나온 물건(物件)을 살펴보았다. 입찰에 참여하기 위해 생전 처음 법원에도 가보았다. 입찰 네 번째 만에 오피스텔을 낙찰받았다. 보증금 납입 영수증을 받아 들고 법원을 빠져나와 현장 조사를 위해 곧바로 오피스텔로 향했다. 그런데 찾아간 부동산 중개소에서 돌아온 대답은 절망적인 이야기뿐이었다.

"입지가 좋지 않아 세입자도 찾기 힘들고, 울산 오피스텔은 매도가 어려워서 돈만 묶여요. 차라리 포기하는 게 나을 텐데 알아서 해요."

결국 최종 완납을 포기하고 보증금 이백만 원만 날렸다. 몇 달 공부했다고 경매 고수가 될 수 없는 노릇이다. 『돈의 속성』에서 저자 김승호는 "부자는 결코 빨리 되는 것이 아니다."라고 말했다. 집을 짓는 것처럼 경험과 지식을 차근차근 쌓아야 하는데 무모할 정도로 성급했다.

먼저 마음부터 편하게 먹기로 했다. 급하다고 바늘허리에 실 매어 쓸 수는 없다. 아침 6시에 일어나 나만의 시간을 갖기로 했다. 눈뜨기 힘든 아침이지만, 물 한 잔을 마시며 잠을 깬다. 고요한 시간에 생각을 정리할 수 있어 좋다. 당장 무엇을 해야 할지 생각해 봤다. 되짚어보니 금융 문맹인 나는 기본 지식조차 부족했다는 걸 깨달았다. 책도 읽으며 제대로 된 공부가 필요했다. 부동산 경매, 마케팅 등 경제 공부를 시작해야겠다고 결심했다. 회사 다닐 때는 일에 집중하느라 다른 공부는 하지 못했지만, 지금부터라도 집을 짓는 마음으로 하나씩 시작하기로 했다.

이렇게 마음을 다잡고 나니 반복되는 일상도 감사한 일이란 생각이 들었다. 부엌 조명을 켜고 앞치마를 두른다. 식구를 위한 아침 준비다. 당연한 것을 그동안 하지 않았다. 빈속으로 출근한 남편과 한참 커야 할 아이가 얼마나 배고팠을까. 과일을 물에 씻고 정성 들여 예쁘게 깎는다. 포크도 같이 받침에 가지런히 올려 둔다. 간편식과 과일을 모두 준비한 다음 밥상 덮개를 올리면 끝. 여유로운 아침을 보내게 되니 "빨리빨리"라는 말이 사라졌다. 아이와 같이하는 시간이 많아져서 좋다. 오후 4시면 학교에서 돌아오는 아이를 맞이한다. 언제든 엄마를 부르면 대답해 줄 수 있고 간식도 챙겨준다. 방학이면 아이와 함께 여행도 갈 거다. 진짜 엄마가 된 것 같다. 지금이라도 가족을 위해 정성을 쏟을 수 있어서 다행이다.

마음이 병들어 가며까지 참는 것은 옳지 않다고 말하고 싶다. 누구에게나 오르막과 내리막이 있는 법이다. 가던 길을 돌연 멈추는 일은 쉽지 않지만 마음을 다잡은 뒤 다시 하면 된다. 도전했다가 실패하더라도 또 일어서면 된다. 실패한 나, 성공한 나 모두 '나'다. 실패보다는 경험이라는 말이 더 좋겠다.

퇴사라는 멈춤. 나를 되찾기 위한 갭이어(gap year)가 필요했다. 적당한 시기에 잘한 일이었다. 점점 마음이 편해졌다. 갭이어는 학생이나 사회 초년생이 아니더라도 누구나 필요하다. 인생에서 길을 잃거나 내가 원하는 새로운 모습을 발견하고 싶을 때라면 잠시 멈춰도 좋다. 그 방법이 돌아가는 것 같지만 가장 빠를 수 있다. 내가 선택한 이 길이 옳다고 믿으며 계속 걸어나갈 거다. 나 먼저 챙기고, 가족도 함께 돌보며. 퇴사가 선물해 준 새로운 삶을 향해 걸어가고 있다.

5

말이 칼이 되지 않기를

박찬홍

말은 사람의 마음을 따뜻하게 할 수도 있지만, 날카로운 칼처럼 깊은 상처를 줄 수도 있다.

특히 가까운 사람일수록 무심코 던진 말이 더 크게 상처가 되기도 한다. 나이 들수록 대인 관계에서 신경 써야 할 부분이 많아지지만, 그중에서도 가장 중요한 것은 '말조심'이다. 흔히 마흔이 되면 그 사람의 말투와 표정에서 인생이 드러난다고 한다. 그래서 더욱 신경을 쓰게 된다. 응원과 칭찬은 사람의 마음을 따뜻하게 하고 미소 짓게 하지만, 불평과 불만은 부정적인 감정을 불러일으켜 불편한 기분이 들게 한다.

'말'에는 말투와 단어 선택뿐만 아니라 표정과 말하는 사람의 마음까지 담겨있다. 보통 직장에서는 형식적인 대화를 나누는 경우가 많고, 상사나 동료, 부하 직원을 의식해 마음에도 없는 말을 해야 하기도 한다. 그래서일까? 퇴사 후에는 회사에서 만난 사람들과 좋은 관계를 계속 유지하기가 쉽지 않다. 반면, 학교 친구나 고향 친구들은 언제 만나도 편안하다. 때로는 불편한 말이 오갈 때도 있지만, 그 관계가 쉽게 흔들리지 않는다. 그 이유는 서로에 대한 진심과 이해가 바탕에 있기 때문일 것이다.

직장 생활하면서 능력과 외모가 뛰어나지만 '말' 때문에 인격이 깎이는 사람을 본 적이 있다. 해외사업의 투자 여부를 결정하는 중요한 회의가 있던 날이었다. 해외사업팀은 몇 달 동안 사업성을 철저히 검토하고, 직접 현지를 답사한 뒤 사업 추진을 제안했다. 손익 분석은 물론, 위험 회피 방안까지 면밀하게 준비한 상태였다. 팀장과 팀원들은 모두 열정과 자신감이 넘쳐 보였고, 나 역시 미리 기획서를 검토한 후 추진할 만한 사업이라는 확신이 들었다. 오랜 토론 끝에 사업을 진행하려고 결정하려던 순간, 한 임원이 갑자기 진행을 막았다.

"잠깐만요, 해당 국가의 정치 상황과 관련 법규는 사전에 확인했겠지? 사업 리스크 대비책과 이익률 측면에서 다소 미흡한 점이 있는 것 같은데…."

그는 짜증 섞인 말투로 이미 논의된 내용을 반복해서 물었다. 해외사업팀장이 충분히 검토한 사항이라고 설명했지만, 그는 계속 말꼬리를 잡으며 회의를 지연시켰다. 결국 논의는 본질에서 벗어나, 그의 주장과 자존심을 지키는 방향으로 흐르기 시작했다. 회의실 분위기는 점점 싸늘해졌고, 참석자들 얼굴에는 불만이 가득했다. 그가 위험 요소를 한 번 더 점검하고 싶었던 의도는 이해할 수 있다. 하지만 수개월 동안 노력한 팀장과 팀원들의 노고를 먼저 인정하고 격려했으면 어땠을까? 그런 뒤 추가 검토가 필요하다는 의견을 부드럽게 제시했다면? 그랬다면 선배로서의 품격을 지키면서도 회의를 더욱 원활하게 마무리할 수 있었을 것이다. 이후로도 그는 직장 생활 내내 비슷한 말투와 태도를 보였고, 결국 퇴직할 때까지 후배들의 존경을 받지 못했다. 이 일을 계기로 나는 '말'의 중요성을 다시 한번 깊이 깨달았다. 직장에서는 단순한 말 한마디가 분위기를 좌우하고 사람의 인상을 결정 짓는다. 말투와 표정, 평소 사용하는 단어 하나하나가 상대에게 미치는 영향을 더욱 신중히 생각하게 되었다.

　재작년 일을 떠올리면 얼굴이 화끈거리며 죄송한 마음이 가슴을 짓누른다. 그 대상이 존경하고 사랑하는 내 어머니이기 때문이다. 어머니를 생각하면 누구나 그렇듯 가슴이 먹먹해진다. 풍족하지는 않았지만, 성실하신 아버지와 어머니는 자식들에게 헌신하셨다. 5년 전에 아버지가 먼저 세상을 떠나시고 어머니는 동생 가족과 함께 사신다. 손주들 재롱을 보며 홀로 된 슬픔과 막막함을 조금씩 내려놓고 계시는 듯하다.
　아버지 제삿날에 있었던 일이다. 어머니는 정성껏 많은 음식을 준비해 제사상을 차리길 원하셨다. 아버지가 병원에 입원해 있을 때, 어머니도 장염으로 아파서 아버지를 제대로 돌보지 못했다. 결국 아버지는 중환자실에서 돌아가셨고 그것이 어머니에게는 한으로 남았다. 아버지의 빈자리는 너무 컸다. 그런 이유로 어머니는, 5년 동안 제사음식을 직접 준비해서 제사상을 차리고 싶어 하셨다. 그날 나는 어머니께서 준비하신 제수 음식을 차례대로 올려놓고 있었다. 집안의 예법대로 대추, 밤, 배, 감…, 나머지 여러 음식을 올리다 보니 놓을 공간이 부족했다. 이리 놓고 저리 놓아도 자리가 나질 않았다. 준비한 제수 음식이 너무 많아서 제사상에 다 올리지 못했다.

"뭘 이렇게 많이 준비했어요? 적당하게 준비하면 되지요."

애틋한 어머니의 마음을 알면서도 퉁명스럽게 말이 튀어나왔다. 어머니는 아무 말 없이 슬그머니 방으로 들어가셨다. 순간 분위기가 싸해졌다. 아내와 아들, 동생 부부 모두 어색한 표정을 짓고 있었다. 순간, 어머니의 마음을 헤아리지 못했다는 생각이 들었다. 내 생각만 앞섰다. 후회가 밀려왔다. 음식이 많아 상에 올릴 수 없다면, "어머니, 오늘은 아버지가 과식하실 것 같아요. 남은 음식은 우리가 천천히 먹죠."라고 따뜻하게 말했더라면 좋았을 텐데. 그랬으면 음식을 준비한 어머니와 동생 부부 그리고 참석한 모든 사람이 더 편안한 마음으로 아버지를 추모하고 즐겁게 식사를 할 수 있었을 텐데. 다음날 어머니께 전화를 드렸다.

"어머니, 죄송합니다. 어머니 뜻을 잘 알면서도 제가 너무 생각이 짧았어요. 용서해 주세요."

그러자 어머니는 "내가 자식들 생각 안 하고 욕심을 부렸나 봐. 나도 미안해."라고 하셨다. 그 말씀을 듣는 순간, 오히려 내가 더 죄스러웠다. 단지 편하다는 이유로 쉽게 내뱉은 말이 의도치 않게 더 깊은 상처가 될 수도 있다는 걸 다시금 깨달았다. 가까운 사람일수록 말 한마디 한마디에 더욱 신중해야겠다.

'말'은 나의 태도를 보여주는 중요한 도구다. 그래서 요즘 나는 대화할 때 먼저 경청하고, 말하기 전에 '3초 참기 규칙'을 실천하고 있다. 바로 답하지 않고 3초간 생각한 뒤 말하는 나만의 방식이다. 처음엔 쉽지 않았지만, 점차 습관이 되면서 사람들과의 관계가 한결 편해짐을 느낀다. 이제부터는 처음 말을 배우는 마음으로 따뜻한 말, 긍정적인 말, 용기를 주는 말을 더 자주 해야겠다. 그러다 보면 내 생각과 행동도 자연스럽게 변화할 것이고, 주변에도 좋은 영향을 미칠 것이다. 이 작은 변화가 더 나은 관계와 성장의 시작이 되리라고 믿는다.

6

짧은 여행에서 긴 여정을 배우다

백오규

"인간은 사회적 동물이다."

아리스토텔레스의 이 유명한 말은 사회성에 대한 인간의 본질을 잘 꿰뚫고 있다. 인간은 혼자서는 살아갈 수 없고, 타인과의 관계를 형성하며 살아가는 존재라는 말이다. 다른 말로 하면, 사회성을 거스르는 것이 인간에게 큰 고통을 준다는 의미와도 통한다. 동서고금을 막론하고, 죄지은 사람을 외딴 데로 귀양이나 유배를 보내는 일이 형벌의 한 종류가 아니던가. 복잡하고 급변하는 현대사회일수록 인간의 이러한 사회성은 더 중요하다.

직장 생활을 하다 보면 거의 매일 동료들과 어울리게 된다. 퇴근 후에도 자연스럽게 모임으로 이어지는 경우가 많다. 직장에서 하는 대화는 대부분

업무와 관련된 내용이지만, 교류하다 보면 동료애와 친밀감이 쌓이게 되고, 사무적인 관계를 넘어서는 유대가 형성된다. 그런 가운데 나는 한 직장에서 수십 년을 근무했다. 날마다 되풀이한 교류가 내 삶의 중요한 부분이 되었기에 가능했을 것이다. 이것이 직장 생활을 유지해 준 원동력 중 하나가 아니었나 생각한다.

어느 날 찾아온 퇴직. 몸에 배었던 생활이 달라졌다. 환경변화를 쉽게 받아들이기 어려웠다. 다니던 회사를 떠나며 익숙했던 사람들과의 만남도 사라질 것이라는 사실을 이미 알고 있었음에도 말이다. 아니나 다를까, 퇴직 후 냉혹하게 다가온 현실을 받아들여야 했다. 정기적인 교류는 사라졌고, 약속을 잡아 만나는 일도 뜸해지면서, 갑작스러운 공허함이 밀려왔다. 물론 집에서 아내와 함께하는 시간이 늘고 여행을 다닐 기회도 많아졌지만 허전함은 완전히 채워지지 않았다. 결국 사람들과 만남을 갈망하게 되는 나 자신을 발견했다.

어느 날 고교 동기들 단톡방에 여행계획 공지가 떴다. 일 년에 한 번 학창 시절의 추억을 되살리며 경치 좋은 곳으로 단체여행을 떠나는데, 이름하여 '수학여행'이다. 그간 지방에서 근무하느라 자주 참가하지 못했고, 퇴직 후 만남에 대한 갈증 해소 기회를 찾고 있던 터라 이번 여행에 참여하기로 했다.

우리의 여행임을 알리는 '수학여행' 디지털 표시창을 띄운 전세버스에 형형색색의 옷을 입은 친구들이 차례로 오른다. 버스에서부터 여행 분위기는 물씬하고 입담 좋은 친구가 좌중을 이끌어간다. 아내가 김장한다는데 여행에 참여했다는 친구한테는 간이 크다며 장난기 가득한 핀잔과 부러움이 쏟아진다. 아침마다 뒷산 산책로를 쓸었다고 자랑하듯 너스레를 떠는 친구한테는 칭찬인 듯 아닌 듯한 말들이 여기저기서 터져 나온다. 여행을 열심히 준비해 준 사무총장(총무에서 격을 올려 붙여준 명칭)과 동기회장에 대한 칭찬과 감사도 빠지지 않는다.

오랜만에 만난 친구들 머리카락이 먼저 눈에 들어온다. 희끗희끗한 머리, 숱이 별로 없는 민머리. 머리가 검은 친구는 분명히 염색했을 것이리라. 아니나 다를까 머리카락이 대화의 중심이 됐다. 누구는 어디서 어떤 약을 처방받아 숱이 많이 났다는 둥, 누구는 머리를 어떻게 관리한다는 둥 무용담이 이어진다. 꼬치꼬치 묻는 친구라도 있으면 "암기가 안 되면 필기라도 해라.", "돈 내고 들어라." 하며 생색내는 말이 튀어나온다. 또 다른 그룹에서는 고교 때 일어났던 시시콜콜한 사건들, 몇 학년 때 누구와 같은 반이었는지, 담임선생님이 누구였는지 등이 꼬리에 꼬리를 물고 이어진다. 이런 대화는 끝이 없고 다음에 만날 때도 계속될 것이다. 이름보다는 별명이 난무하고, 투박한 대화 속에는 욕설이 진득하니 묻어있다. 40여 년 세월의 간극은 어디에도 찾아볼 수 없다. 목적지에 도착하면 자연스럽게 삼삼오오 무리를 지어 이쪽 길로 혹은 저쪽 길로, 앞서거니 뒤서거니 걸으며 청명한 늦가을 정취를 만끽한다.

여행이면 또 빠질 수 없는 게 사진, 곳곳에서 찍은 사진이 단톡방에 경쟁하듯이 올라온다. 필름 카메라 같으면 사진 한 장 얻는데도 며칠이 걸리겠지만, 세상 참 좋아졌다. 여행의 대미는 술을 곁들인 저녁 식사 자리다. 가득한 열기와 취기 속에서, 저마다 이야기를 쏟아 내는 가운데 어느덧 해가 지고 여행이 마무리된다. 모두 피곤한 몸을 이끌고 버스에 오른다. 버스는 어둠을 뚫고 귀갓길을 재촉했고, 우리는 어느새 곤한 잠에 빠져든다. 도착 후 일부 주당들은 "한잔 더!"를 외치며 인근 호프집으로 향한다.

짧았던 가을 여행을 뒤로하고 전철을 타고 돌아오는 길, 내 얼굴에 희미한 미소가 번진다. 잊었던 추억을 소환하며 가졌던 힐링하는 시간과 웃음 가득한 하루 덕분에 깊은 만족감이 밀려온다. 요란했던 하루의 여행에 대비라도 되는 듯, 문득 과거의 지독히 고독했던 어느 기억이 떠오른다.

직장 생활 중 한때 페루에서 근무한 적이 있다. 자회사 파견 근무로, 주된 근무지는 본사가 있는 수도 리마였다. 나는 가족을 동반하지 않고 단신으로 지내고 있었다. 그러던 중, 회사 사정이 어려우니 고위직으로서 솔선수범을 보이기 위해 현장으로 전진 배치 근무하라는 지시가 내려왔다. 현장은 페루 북부의 작은 시골 도시 '딸라라'라는 지역이었다. 딸을 낳아라, 달러를 많이 벌어라 등의 말을 곁들인 우스갯소리를 했던 기억이 있다. 딸라라는 남미 대륙의 맨 서쪽 끝에 있는 작은 해안 도시로, 사막에 둘러싸여 있다. 해안가 어디에 대륙의 끝임을 표시하는 조그마한 기념 말뚝도 있었던 것으로 기억

다시 쓰는 내 인생의 페이지

한다. 문제는 내가 근무할 곳이 딸라라에서도 차로 20분 더 가야 하는 시골 마을이었고, 혼자 근무해야 한다는 점이었다. 한국인 동료 없이 현지 직원들 속에서 지내야 했다. 본사가 있는 리마에서는 한국인 동료가 여럿 있었고 주말에는 한국 교민들과 어울렸는데, 혼자라니…. 막막했다. 그렇게 오랜 기간은 아니었지만, 그때는 마치 유배라도 가는 듯한 심정이었다.

근무지가 있던 마을은 경기가 좋을 때는 사람들로 북적이며 번창했다고 들었는데, 내가 갔을 때는 쇠퇴하여 인적조차 뜸했다. 내가 머물렀던 사택(社宅) 대부분은 텅 비어 있어 을씨년스러운 분위기였다. 해안가라서 바람이 많이 불었다. 사막에서 불어오는 모래바람이 쓰레기 더미를 스치면서 황량한 거리를 휩쓸었다. 마치 영화의 한 장면 같았다. 현지 직원들은 친절했지만, 사무실 외에서는 마주칠 일이 없었다. 더구나 스페인어를 썼는데, 턱없이 짧은 내 스페인어 실력으로는 대화를 이어가기가 힘들었다. 큰 TV를 들여놓는다, 가구를 정비한다, 칠을 새로 한다며 부산을 떨어봤지만 그다지 위안이 되지 않았다.

그럼에도 불구하고 위안을 받았던 점은 직원들이 따뜻하게 대해주었고, 음식이 나쁘지 않았다는 것이었다. 밤이면 밖에 나가 하늘의 별을 바라보며 남십자성을 찾아보고, 동심으로 돌아간 듯한 기분을 느낀 것도 빼놓을 수 없다. 서울 어디에서 이런 호사를 누릴 수 있을까. 또 하나, 그런 가운데 자연스레 책 읽는 시간도 많이 가질 수 있었다. 독서를 좋아하는 나에게 좋은 기회이기도 했다. 아이러니하게도, 그처럼 외딴곳에서의 생활은 사람들과 어울려 사는 것이 얼마나 중요한지 다시금 깨닫게 해주었다. 생각해 보면, 그 시간은 결코 손해만 본 것이 아니었던 셈이다.

떠들썩한 여행의 여운이 채 가시기도 전에 몇 년 전의 잔상이 떠오르는 것은 왜일까? 어쩌면 오늘의 즐거운 시간을 소중하게 여겨야 한다는 가르침이 아닐까. "빨리 가려면 혼자 가고, 멀리 가려면 함께 가라."는 말이 떠오른다. 사람은 더불어 살아야 한다는 사회성과 함께 인생 여정에서 동반자의 중요성을 이보다 더 잘 표현하는 말이 있을까 싶다. 오늘 짧은 여행을 함께한 친구들이 긴 여정을 함께하는 동반자임을 새삼 깨닫게 되었고, 이것이야말로 인간 본성에 깊이 맞닿아 있음을 실감한다. 일찍이 사회성에 대한 인간 본성을 꿰뚫어 보았던 고대 철학자의 통찰이 새삼 놀랍다.

친구들과 즐거운 시간이 소중한 가치로 각인되면서, 이런저런 생각이 꼬리에 꼬리를 물며 복잡한 인간 본성에 대한 성찰로 이어졌다. 덜컹거리는 지하철은 피곤한 내 몸을 싣고 요란한 소리를 내며 목적지를 향해 달려간다.

7

변화 속에서 변하지 않는 것

안은희

"뭐 드실 거예요?"

　30대쯤으로 보이는 사내가 우리 앞을 갑자기 가로막았다. 주문하고 있는 키오스크를 가로챈다. 우리 부부는 순간 놀라서 뒷걸음질 쳤다. '직원인가?' 생각했다. 휴일 오후, 점심으로 남편과 햄버거를 먹기로 했다. 햄버거 가게 문을 열고 들어서자마자 입구에 키오스크가 떡하니 버티고 서 있다. 요즘은 어디를 가나 주문을 키오스크로 하니 더 이상 낯설지 않다. 불고기버거와 새우버거를 각각 한 개씩 담았다. '치킨너겟' 두 개를 담으려는 순간이었다. "음료는 뭐 드실 거예요. 제로 콜라?" 사내가 화면을 마구 돌린다. 우리가 찜했던 '치킨너겟'이 날아가 버렸다. "어? 거의 다 했는데… 아, 제로 콜라요." 얼떨결에 콜라라고 답했다. 우리의 점심 메뉴가 모르는 사람에게 맡

겨졌고, 햄버거와 콜라만 들고 자리로 돌아왔다.

알고 보니 그는 직원도, 사장도 아니었다. 우리 뒤에서 주문하려고 기다리던 손님이었다.

"저런 애들은 직장 생활을 잘할 리가 없어. 배려심도 없고, 자기가 최고인 줄 아는 애들이야." 남편의 얼굴이 붉으락푸르락했다.

"저런 무례한 놈이 다 있나, 자기는 나이 안 먹나?" 평소 말수가 적은 남편이 쉴 새 없이 쏟아 내는 걸 보니, 화가 머리끝까지 난 게 분명했다. 그 사내가 직장을 다니는지는 알 수 없지만, 남편은 그의 직장 생활 태도까지 문제 삼았다.

"그러게, 우리 주문 속도가 느렸나? 빨리하려고 했는데…." 나도 당황스러웠지만, 남편을 진정시키려 애써 감정을 눌렀다. "당신이 참아. 우리가 키오스크 조작하는 게 답답했나 봐." 그래도 남편은 화가 가라앉지 않았다. 거칠게 숨을 내쉬었다. 햄버거를 먹는 동안 그 남자의 무례한 행동이 자꾸 떠올랐다. 순식간에 순서를 낚아채듯 행동한 그 사람이 불쾌했다. 나이 든 우리에게 도움을 주려는 의도라기보다는 무시하는 듯한 느낌이 들었다. 상대방을 전혀 헤아리지 않는 그의 태도가 여간 마음에 걸리는 게 아니었다. "오늘 햄버거 맛이 별로네." 나는 햄버거를 반만 먹고 내려놓았다. 남편도 말없이 햄버거를 꾸역꾸역 밀어 넣었다. 더 이상 넘어가지 않는가 보다. 그만 가자고 했다.

다시 쓰는 내 인생의 페이지

최근 디지털 기술이 급속도로 발전하고, 변화의 속도도 빠르다. 생활이 편리해진 측면도 있지만, 디지털 기술을 익히고 활용하는 데 어려움을 겪는 사람도 많다. 키오스크나 모바일 앱으로 음식 주문을 하면 줄을 서지 않고도 빠르게 주문할 수 있다. 스마트폰 앱을 이용해 계좌 이체나 공과금 납부를 간편하게 할 수 있어 은행에 직접 갈 필요가 없어졌다. 하지만, 키오스크 메뉴가 복잡하거나 터치 조작이 익숙하지 않아 주문을 못하거나 시간이 오래 걸리는 어르신들도 많다. 온라인에서 각종 서류를 발급받거나 인증을 해야 할 때, 절차가 복잡해 어려움을 느낀다.

택시 호출 앱을 이용하지 않으면 길거리에서 택시를 잡기 어려운 시대가 된 지도 오래다. 며칠 전에 친구들 모임이 끝나고, 택시 타고 집에 가겠다고 하는 친구를 남겨 두고 우리는 지하철을 이용해서 가기로 하고 헤어졌다. 저녁에, 택시를 타고 간 친구에게서 문자가 왔다. "추운 도로 옆에서 30분 이상을 기다렸어. 택시가 좀처럼 잡히지 않더라." 그 친구는 택시 호출 앱을 이용해 본 적이 없다고 했다. 앱 하나로 할 수 있는 일이 눈에 띄게 많아졌다. 기차표 예매, 병원 예약 등 우리 실생활과 뗄 수 없는 디지털 서비스들이 하나씩 생겨나고 있다.

스마트폰 출현이 사회 전반에 큰 변화를 가져왔다. 대부분의 일상과 업무 처리방식이 모바일 중심으로 바뀌었다. 그리고 사물인터넷, 빅데이터, 블록체인, 5G 통신 등 첨단 기술들이 자동화와 디지털화를 가속화하고 있다. 인공지능(AI)기술은 인간을 대체하거나 고객서비스, 제조업 등 많은 분야에서 인간을 지원하는 데 활용되고 있다. 나도 변화의 속도가 너무 빨라 그 흐름을 따라가기 버겁다고 느껴질 때가 많다. 앞으로는 그 속도가 더 빨라지겠지.

100세 시대. 젊은 세대와 노년 세대가 함께 살아가는 시간이 점점 길어지고 있다. 반면, 빠르게 발전하는 디지털 기술이 세대 간의 격차를 더 벌릴 것으로 생각한다. 젊은 세대는 새로운 기술을 쉽게 익히지만, 노년 세대는 적응하는 데 어려움을 겪을 수 있다. 이러한 차이로 인해 세대 간의 소통이 원활하지 않게 되고, 사회적 단절도 심해질 수 있다.

이런 시대 속에서, 세대 간의 배려와 공존을 위한 노력이 필요하다. 서로의 차이를 이해하고 존중하는 것이 그 어느 때보다 중요해졌다. 젊은 세대는, 디지털 환경이 익숙하지 않은 노년 세대를 조급하게 여기기보다 찬찬하게 알려주려는 태도가 바람직하다. 노년 세대는, 변화를 받아들이려는 유연한 자세가 필요하다. 빠르게 변하는 세상 속에서 '예전에는 안 그랬는데'라는 생각보다, '이런 방식도 있구나'라고 인정하는 자세를 가져야 한다. 새로운 기술이나 문화가 낯설어도 열린 마음으로 다가가면 젊은 세대와 소통하는 데 도움이 된다. 각 세대가 살아온 환경이 다르다는 걸 이해하고, 서로 배우고자 하는 태도를 가지면 세대 간 벽이 조금씩 허물어지지 않을까?

요즘 디지털 기술을 열심히 배우고 있다. 퇴직 후, 어르신들이 키오스크, 핸드폰 앱 등 생활에 필요한 기술을 익히는 데 도움을 주고 싶기 때문이다. 관심만 있으면 유튜브, 온라인 무료 강의 등 배울 기회가 많다. 스마트폰으로 사진과 영상을 편집하는 방법도 사용해 보지 않은 기술이다. 블로그로 이웃과 소통하며 새로운 정보를 얻기도 한다. 유튜브 쇼츠를 올리는 재미도 쏠쏠하다. 하루 종일 핸드폰을 손에서 놓지 않는 나조차도 몰랐던 기능이나 앱이 이렇게 많다니 놀라웠다. 모두 일상생활에서 유용하고, 다른 사람과의 연결을 돕는 기능들이다. 새로운 기술을 익히니, 변화에 대한 막연한 두려움이 사라지고 오히려 새로운 세상을 만나는 듯한 설렘과 기대가 커진다.

며칠 전에는 AI로 동물 컬러링 북을 만들었다. 사자, 기린, 강아지 등 50종류의 동물들을 색칠할 수 있는 책이다. 그리고 싶은 그림의 스타일을 '뤼튼' 생성형 AI에 요청하여 프롬프트를 생성하고, 이미지를 그려주는 '미드저니' AI를 활용하면 어렵지 않다. 컬러링 북을 색연필 세트와 함께 어머님께 드렸더니 아이처럼 좋아하신다.

"정말 오래간만에 그림을 그려보네. 이거 치매 예방에 좋을 것 같아. 우리 며느리가 만들어 줬다고 자랑해야지."라고 말씀하시며 노인복지관에 들고 가셨다. 다음에는 어머니가 좋아하시는 '목단', '채송화', '맨드라미'가 들어 있는 꽃 컬러링 북을 만들어 드려야겠다.

세상은 빠르게 변하고 있지만, 중요한 것은 변화를 함께하는 마음이라고 생각한다. 어머니께 드린 책이 AI 기술이 만들어 낸 결과물이었지만, 그것이 전해준 건 단순한 책 한 권이 아니었다. 함께 공감하고 즐길 수 있는 '경험'이었다. 결국 기술이 발전해도, 변하지 않는 것은 사람과 사람 사이의 따뜻한 온기다.

8

인생을 풍요롭게 할 1만 시간

유윤희

"악기를 하시는 줄 몰랐어요. 클라리넷은 얼마나 배우셨나요?"

지인의 질문에, "문화센터에서 준비했고, 아주 잘하지는 못해요. 6년 정도 했습니다."

어린 시절 어머니는 자녀 넷 중 한 명이라도 피아노를 잘 쳤으면 좋겠다고 하셨다. 초등학교 시절 여러 학원 중 다른 학원은 빠져도 피아노 학원을 빠지면 혼나곤 했다.

"삼촌이 가을에 결혼한다고 하네. 네가 결혼행진곡을 치면 기뻐하시겠구나." 부모님이 말씀하셨다. 피아노 학원에서 연습은 짧게 하고, 연습실에 숨어 친구들과 과자를 먹거나, 공기놀이나 신나게 하던 때다. 결혼행진곡을 완곡할 수준의 실력이 아니었다. 어머니께서 특별히 원장님에게 부탁하셨다. 원장님은 한 곡을 한 달 동안 연습하게 하셨다. 삼촌의 결혼식에서 행진곡을 연주할 수 있었다. 지금도 가끔 "결혼식 피아노까지 쳤던 실력인데, 왜 그만뒀는지 몰라."라고 하신다. 6학년이 되자 더 이상 재미가 없어, 학업에 전념한다는 핑계를 대며 피아노를 중단했다. 부모님이 많이 아쉬워하셨던 걸로 기억한다. 피아노 연습을 질리게 했던 탓에 음악까지 싫다고 생각했다. 하지만, 나는 음악 카페를 찾아다니고, 클래식 전집을 구매해서 집 안에 크게 틀어놓고 들었다. 영화를 보고 나면 영화 속 OST들을 찾아보고, 외국 가요를 찾아서 들어봤다. 내가 이토록 음악을 좋아하다니 취미 생활로 악기를 연주하기로 결심했다.

'따라 라라라~' 글로는 알 수 없지만, 음악으로 들려주면, 누구나 아 그 영화라고 기억하는 OST가 있다. 곡을 들으면, 거대한 폭포를 배경으로 신부님이 원시 부족을 마주하고 앉아, 리코더처럼 생긴 악기를 연주하는 영화다. 영화 〈미션〉의 테마곡 〈넬라 판타지아〉란 곡이다. 엔리오 모리꼬네가 만들었고, 이후 사라 브라이트만이 가사를 붙여 유명해진 곡이다. 영화에 나오는 악기는 옛날식 오보에다. 영화에서 자세히 보면 악기 끝에 조그만 나무를 대고 부는 것을 볼 수 있다. 그것은 '리드'라고 하는데, 오보에는 리드의 떨림을 이용해 소리 내는 관악기이다. 오보에 음색은 선명하면서도 애잔하다. 플룻은 새소리같이 가벼운 음색을 가졌고, 클라리넷은 이보다 묵직한 저음이다. 오보에를 가르치는 학원을 찾기 힘들고 악기도 고가였다. 그래서, 그보다는 대중적인 악기인 클라리넷을 배우기 시작했다.

집 근처에서 퇴근 후 배울 수 있는 곳을 알아봤다. 저렴하면서도 강습실이 잘 되어 있는 문화센터를 찾아냈다. 일주일에 한 시간 강습이었다. 학생수가 5~6명인 관계로, 선생님이 가르치는 시간은 15분 남짓이었다. 15분동안 선생님께 배우고, 나머지 시간은 혼자 열심히 불어야 했다.

"처음 부는 분은 소리가 나지 않습니다. 악기 조립하고 해체하는 법, 악기입에 무는 법을 가르쳐 드릴게요."

선생님은 악기 조립하는 방법을 가르쳐줬다. 클라리넷이라는 악기는 5개의 조각으로 나눠진 관을 조립하고, 리드라는 얇은 나무를 마우스피스라는구멍에 대는 관악기이다. 완전하게 조립된 모양은 멀리서 보면 복잡한 모양의 리코더처럼 생겼다. 악기의 머리에 해당하는 두 조각만을 가지고 입에물고 '후' 불라고 했다. '후' 하고 불었는데, 아무 소리도 나지 않았다. 다시힘껏 불었는데, 아무 소리도 나지 않았다. 그날 여러 방법으로 시도한 끝에수업이 끝나기 직전에야 '뿌' 하는 어색한 소음만 낼 수 있었다.

초등학교 때 배운 리코더처럼 소리는 쉽게 날 것이라 예상했는데 적잖이당황했다. 민망스러운 소음만 내면서 첫 수업이 끝났다. 그 후 몇 번 더 클라리넷의 머리만 들고 소리 내는 수업을 했다. 〈바위섬〉 같은 간단한 연주

곡을 부는 초등학생들 사이에서 부끄러움은 온전히 나의 몫이었으나, 꿋꿋이 견뎠다.

클라리넷은 호흡이 중요한 악기로 오케스트라에서 남자 연주자가 많이 맡는 편이다. 클래스에 초등학생들이 서너 명 있었는데, 아이들은 백지에 그림 그리듯 선생님의 가르침을 잘 습득했다. 활기찬 호흡으로 소리도 맑게 냈다. 나는 아이들보다 더디게 습득하여, 자신감이 떨어졌다. 잘하던 아이들은 중학생이 되면서 공부해야 한다고 그만두었다. "친구들 앞에서 한 곡 불 수 있게 됐으니 그만둡니다." 성인분들도 어느 정도 배우고 나면 떠났다. 많은 교육생이 수업에 들어왔다가 떠나갔다. 선생님도 결혼, 출산 등의 이유로 자주 바뀌었다. 떠나는 사람들 사이에서 자리를 지키기란 쉽지 않았다. 하지만, 나는 실력이 부족해 그만둘 수 없었다.

그러던 중 코로나 시대가 왔다. 무서운 질병으로 수강생들이 격리되고, 수업이 임시 중단되는 경우가 발생했다. 특히 침이 묻는 관악기라 진행하기 더욱 어려웠다. 학생은 불 수 있으나 선생님은 마스크를 써야 하고, 수강생은 5미터씩 간격을 두고 앉아야 했다. 교습생들이 우수수 떨어져 나갔다. 힘든 그 시절이었지만, 도리어 나에겐 기회였다. 클라리넷 선생님은 유일한 제자인 나를 일대일로 진지하게 가르쳐주셨다.

6년이나 지났다. 클라리넷 실력 향상을 위해 도약이 필요했다. 교회 기악부에 지원했다. 교회 기악부에서 오케스트라로 합주를 시작하고, 나는 깜짝 놀랐다. 한 곡을 완주하는 것과 방식이 달랐다. 내 파트 부분에서 다른 악기와 조화를 이루어야 했다. 바이올린, 첼로, 트럼펫, 플루트, 피아노 등 다양한 악기 음이 잘 어울려야 했다. 악보를 잘 읽어야 했고, 박자를 정확히 지켜야 했다. 가장 최근에는 크리스마스 칸타타 연주곡으로 헨델의 〈메시아〉를 연주했다. '할렐루야'를 수없이 반복하는 대표곡이 포함된 곡이다. 〈메시아〉는 일반인에겐 듣기조차 어려운 곡이다. 다양한 악기들의 연주 소리에서 내 연주 부분을 찾는 것도 오랫동안 연습했다. 한 단계씩 성장하고 있음에도, 배울 것은 많았다. 매 순간이 힘들었지만, 하나씩 성취하는 즐거움이 있었다.

소설가 프루스트가 시간은 탄력성이 풍부해 자기 가슴속에 정열이 불타오르면 시간이 늘고, 남에게 불어 넣으려 하면 줄어든다고 했다. 지금 보내는 시간이 나를 위한 시간이라 길게 느껴질 수 있다.

1만 시간의 법칙을 늘 생각한다. 전문가가 되려면 1만 시간은 훈련해야 한다고 한다. 계산해 보면 하루 8시간씩, 5년은 지나야 1만 시간이 된다. 무엇을 하다가 원하는 만큼의 결과가 나지 않아도, 나의 부족함을 자책하거나, 상황을 불평하지 않았다. 다만, 공부할 시간이 다 차지 않았다고. 스스로 위로하고 격려한다. 현재의 나는 연주 분야에서 나무가 새싹을 틔운 수준이다. 장성한 나무가 되어 열매를 맺으려면 더 공부해야 한다. 무슨 일이든 1만 시간의 노력을 들여 보자는 생각이 인생의 귀한 밑거름이라고 여긴다. 오늘도 풍성한 열매를 맺을 나의 미래를 위해 한 발짝을 더 내디딘다.

9

여유로운 마음으로 즐길 수 있다면

이경숙

"코치님, 뭘로 주문할까요?"

연말이 다가오던 크리스마스 무렵, 천 작가와 서울역 건너편 서울 스퀘어 지하에서 만났다. 붐비는 식당 테이블 위에 바탕이 까만 키오스크가 있었다. 노안이 온 후로는 읽어야 하거나 뭔가를 보아야 할 때 건성으로 보는 버릇이 생겼다. 다가가서 읽어보질 않고 뭐 뭐 있냐고 물어보았다. 천 작가는 차례차례 한 장씩 넘기며 보여준다. 작은 글씨와 그림이 안 보일까 봐 넘길 때마다 설명해 주면서 말한다.

"이건 가지 소고기 솥밥인데, 야채 좋아하시면 맛있을 거예요, 그리고 이건 남도 꼬막 솥밥 반상이고요…."

다시 쓰는 내 인생의 페이지

가지 소고기 솥밥으로 주문해 달라고 부탁했다. 안경이 없을 때는 이런 상황이 부담스럽다. 사람이 많이 몰리는 바쁜 점심시간이다. 혼자 어물쩍거리다 보면 주문도 늦어질 테고 밖에서 줄지어 기다리는 사람들에게 미안한 마음도 살짝 든다.

기계나 전자기기를 싫어하는 정도는 아니었다. 젊었을 적, 시댁에 내려가면 아버님께서 간단하게 고쳐야 할 것들을 모아 두었다가 나에게 고쳐달라고 하실 정도였다. 아들이 세 명이나 있어도 며느리인 나에게 부탁하셨다. 한때는 그랬더라도 디지털 기계가 주문받은 후로는 지레 겁부터 난다. 주문을 잘못하면 어쩌나 하는 불안함도 밀려온다. 잘못 주문했던 경험이 있어서다. 2년 전 동네 근처 카페에서 녹차라테와 아메리카노를 시켰는데 녹차 두 잔을 받은 적이 있다. 카페 근처에서 지인과 스테이크를 먹고 난 후였다. 우아하게 즐긴 점심에 이어 여름이지만 추운 듯한 에어컨 바람에 따뜻하게 서로 취향껏 주문한다고 했는데. 엉뚱한 찻잔을 받으니 이건 뭔가 싶었다. 카운터에 물었더니 녹차 두 잔으로 주문되었다는 거다. 처음 한글 배운 아이가 손가락으로 짚어가며 글 읽듯 키오스크 화면을 몇 번이나 확인하며 주문했는데도 녹차라테가 아닌 녹차라니. 이후로는 키오스크 주문에 자신이 없다.

키오스크가 생긴 후로 다른 테이블은 나왔는데 왜 우리 테이블은 안 나오느냐고 시비 거는 고객은 많이 줄지 않았을까 싶다. 잘못 주문되었다고 항의하는 사람도 줄었겠지. 혹여 주문이 잘못되었더라도 자기 손가락을 탓해야 할 터다. 젊은 천 작가가 기계로 주문했어도, 사이드로 시킨 국이 잘못 나왔다. 나는 콩비지 국으로 시켰는데 미역국이 나왔다. 미안하다며 바로 바꿔주었다.

테이블 위에 키오스크가 있는 식당에서는 재촉하는 사람이 없어서 마음은 편하지만, 스크린이 작고 주로 까만 바탕이라 긴장부터 된다. 제대로 주문할 수 있으려나 하는 자기 의심이 들 때도 많다. 익숙한 공간이 아닐 때는 더욱 그렇다. 몇 번 갔던 식당이거나 주인과 안면이 있으면 그냥 말로 주문한다. 그러면 직접 와서 기계를 조작해 주기도 한다. 그럴 때마다 미안해하며 멋쩍어할 때도 있고 고맙다고 말할 때도 있다. 어쨌든 누군가 나 대신 주문해줄 수 있는 상황일 때는 나도 모르게 미루게 된다.

식당이 아닌 패스트푸드 매장에서 만나는 커다란 키오스크. 뒤에 사람이 많이 서서 기다릴 때는 빨리 해야 할 거 같아 조바심이 난다. 패스트푸드 가게에서 당황했던 일이 있다. 더듬더듬 주문을 다 마치고 테이블에 바짝 붙였던 몸을 일으켰는데, 아까는 없던 사람들이 뒤에 길게 늘어서 있었다. 천 선생님과 이 선생님과 나는 깜짝 놀라며 얼른 뒤로 비켜섰다. 테이블 위에 놓인 키오스크 두 대 앞에 우리밖에 없었는데, 어느새 이렇게 많은 사람이 기다리고 있었나?

홍대역 근처의 쉐이크쉑 버거가 맛있다고 했다. 태극권 수업이 끝난 후, 여느 날처럼 오늘은 어디에 가서 먹으며 얘기 나눌까, 행복한 고민 하다가

다시 쓰는 내 인생의 페이지

화곡동으로 가는 황 선생님 차를 얻어탔다. 황 선생님은 홍대역 근처에 우리를 내려주며 좋은 시간 보내라고 했다. 차에서 내린 뒤 길을 건넜다. 도로 쪽 통유리 너머로 버거 가게 안이 보인다. 들어가기 전 출입문 옆에 붙어 있는 메뉴를 보았다. 주문할 버거와 프렌치프라이를 결정했다. 서로 자기가 먹고 싶은 메뉴를 생각하며 안으로 들어갔다. 기다랗게 놓인 탁자 위에 키오스크 두 대가 있었다. 마침 사람들도 없었다. 천 선생님과 이 선생님은 나보다 연세가 많다. 두 분은 80대시다.

"경숙 씨가 주문해봐. 자기는 우리보다 젊잖아."

다른 데서 키오스크 주문하는 건 싫어하지만 두 분 앞에서는 내가 할 수밖에 없다. 버거 먼저 주문하고 프렌치프라이와 음료를 주문하는데, 한참 동안 집중해야 했다. 다 끝났나 싶었는데 진동벨 번호도 입력해야 했다. 옆에 쌓여 있는 진동벨 중 5번을 선택해서 입력하니 모두 끝났다. 그렇게 마치고 몸을 일으켰는데 우리 뒤에 그리도 많은 사람이 기다리고 있을 줄이야.
"어마나! 이를 어째!"
셋이 민망해하며 얼른 자리를 찾아 앉았다. 주문해서 나온 버거를 먹으며 서로 웃지 않을 수 없었다. 그 자리에서는 민망했지만 셋이라서 덜 창피하다며.
기계로 주문할 때만 당황스러운 게 아니다. 어느 날은 태극권 끝나고 동네 근처 서브웨이라는 샌드위치 가게에 갔다. 뭘 어떻게 주문해야 할까 하며 카운터로 갔다. 아르바이트생이 주문받았다. 우리가 주문할 줄 모른다고 했더니 이것저것 물어보았다. 그림을 보며 대답했다. 주문이 끝난 줄 알고 자리를 잡고 앉았다. 주문받았던 사람이 우리 쪽에 대고 큰소리로 물었다.

"빵은 어떻게 할까요? 00으로 할까요?"

건성으로 그러라고 대답했다. 샌드위치가 나오자 우리 셋은 서로 얼굴만 바라봤다. 웬 샌드위치가 이렇게 크지? 00이라고 했던 말이 30센티미터 빵으로 할 거냐고 물었던 모양이다. 너무나도 큰 샌드위치. 한참을 어찌해야 하나 바라보다가 나이프를 달라고 해서 잘라 먹으며 웃지 않을 수 없었다. 주문을 할 줄 몰라 이렇게 큰 샌드위치를 먹다니.

기계로 눌러 담았어도 엉뚱한 미역국이 나오기도 한다. 직접 대면하면서 주문해도 생각잖은 샌드위치를 먹기도 한다. 마음에 두지 않았던 음식을 먹게 되더라도 행복한 시간이면 되지 않을까? 유쾌하게 웃을 수 있다면, 내가 의도하지 않았던 음식이 대수일까? 그런 일이 또 일어나도 웃을 수 있는 여유로운 마음만 있다면 기분은 양털 구름이다. 내 마음이 가벼우면, 웃지 않을 일이 없을 테니.

10

나를 비상하게 해준 콤플렉스

이성애

웃었다.

허파에 바람 들어간 사람처럼 아무에게도 들키고 싶지 않은 내 안에 공허함을 감추려고. 누구나 드러내고 싶지 않은 상처 하나쯤은 가지고 있다. 나도 그렇다. 어릴 적 배우지 못했던 게 가슴에 옹이가 되었다. 그 옹이는 누구에게도 들키고 싶지 않았다. 하물며 내 손주에게조차도.

조경회사를 운영하며 부자는 아니지만 남에게 손 벌리지 않고 살아간다. 자식들도 독립해 알콩달콩 예쁜 가정을 꾸리고 산다. 시니어 강사로서 회원들에게 도움을 주고 있으며 손주와 독서 모임도 한다. 사람들은 나를 보고 '팔자 좋은 여자'란다. 겉으로 보기에는 팔자 좋은 여자 같지만, 속을 들여다보면 그렇지만은 않다.

사업을 하는 이씨 집안에 2남 3녀의 장남에게 시집갔다. 시집 풍습도 익히기 전에 시어머님이 병환을 앓으셨다. 시어머님은 류머티즘이란 병을 앓으시다가 당뇨 합병증까지 겹쳐 5년간 투병하다 돌아가셨다. 시어머님 대신 시동생 시누이를 학교와 시집 장가도 보내야 했다. 남편 사업을 도우며 자식 뒷바라지하다 보니 내 나이 환갑이었다.

드럼을 치고 싶었다. 드럼만 잘 치면 세상 부러울 게 없을 것 같아 학원에 등록했다. 기초과정에서 메트로놈에 박자감을 익힌 후 노래에 맞추는 단계에 왔다. 노래는 신났고 나는 더 신났다. 내가 꿈꾸던 드럼연주자가 되었다. 착각이었다. 노래에 맞추어 감미로운 대목에서는 잔잔하게 치고, 신나는 부분에서는 힘차게 쳐야 한다. 나는 노래 분위기를 몰라 맞게 연주할 수 없었다. 강사는 가르치다가 지쳤는지 노래 먼저 배우고 드럼을 배우란다. 드럼 강사의 권유로 노래를 배우기로 했다.

대학평생교육원에서 2년간 실용음악을 배웠다. 졸업을 앞두고 실습으로 노래 강사를 하게 되었다. 노래 강사라면 노래는 기본적으로 불러야 하는데, 노래를 부를 줄 몰랐다. 스물두 살에 시집와서 환갑 나이가 되도록 노래를 불러본 적이 없어서다. 그 흔해 빠진 노래방에 가본 적도 없었다. 물론 대학 수업 시간에 불렀지만, 취미로 부르는 수준이지 누구를 가르치는 실력은 되지 못했다. 드럼을 쳐서 그런지 박자감이 기계 같다는 말은 들었다. 그런데 박자를 잘 타면 뭐 하나. 회원들에게 시범으로 노래를 불러줘야 하는

데 소리가 나오지 않았다. 교수는 소리를 내뱉으라고 했다. 나도 제발 그러고 싶었다. 소리를 내려고 애쓰면 애쓸수록 주눅이 들어 그런지 밖으로 나오지 않았다. 일단 노래를 잘 부르는 건 둘째고 어떻게든 소리를 끌어내는 게 우선이었다.

유명한 작곡가에게 개인지도를 받았다. '도, 레, 미, 파, 솔' 하며 솔 음에서 복부 바이브레이션을 숨넘어가기 직전까지 내는 훈련을 받았다. 매주 화요일 은평에서 강남으로 다녔다. 지도받고 집에 와서도 발성 연습을 계속했다. 이렇게 대여섯 달 다니던 중에 시아버님이 입원하시면서 중단했다.

그러던 어느 날 노래에도 발성법이 있다는 걸 알았다. 작곡가 이호섭 선생님의 가요대학 가창학 수업에서였다. 가요 지도자 과정에 등록하여 치조음, 양순음, 경구개음, 연구개음을 배웠다. 이 발성음으로 노래 가사에 맞춰 발음을 익혔다. 내 머릿속에는 '치조음은 혀를 어디에 대야 하나?', '양순음은 입 모양을 어떻게 해야 하더라?', '경구개음은 소리를 어디에서 내야 할까?', '연구개음은 목을 어떻게 조율해야 하지?'라는 생각들로 가득했다. 이렇게 발성음을 익히고 난 후에야 소리를 밖으로 낼 수 있었다. 이 발성법 덕에 노래를 잘하지 못해도 명강사로 불렸다.

손녀들이 책 읽는 걸 보니, 앞니가 빠져 발음이 새었다. 그러면 전달력이 떨어진다. 가창학에서 배운 발성을 아이들이 책 읽는데 적용하여 시켜보았다. 초성으로 나오는 '나, 다, 따, 노, 도'는 치조음이라고 한다. 치조음은 윗니 뒤쪽 잇몸 아래에 혀를 살짝 대었다가 명치 끝에 힘을 주어 읽는다. 그렇게 설명하고 읽게 했다. 목소리가 작으면 자신감도 떨어지니까, "더 크게, 더 힘차게!" 하며 내가 외쳤다. 연습할 때는 또박또박 정확히 읽게 했다. 한 글자 한 글자 씹어 먹을 듯 입을 크게 벌리고 읽게 했다.

손주와 독서 모임을 했다. 딸이 손주와 책을 읽어만 달라고 부탁해서 시작했다. 유식까지는 아니라도 할머니가 그것도 모르냐는 소리는 듣고 싶지 않았다. 손주들이 읽을 책을 미리 읽었다. 한 번 읽고는 내용을 정리해서 들려주는 게 쉽지 않았다. 말을 꺼내려니 "어, 그런데 말이야, 음 음⋯." 이러면서 더듬기 일쑤였다. 두 번 읽었다. 그제야 이야기 흐름을 알 것 같았다. 또 아이들이 단어라도 물어보면 어떻게 대답해야 하나 싶어 모르는 단어는 미리 찾아뒀다. 내가 공부를 많이 했더라면 맞춤법도 척척, 단어도 척척 알았겠지만 그렇지 못했기에 읽고 또 읽은 거다. 세 번을 읽고 나니 토론하거나 독서 일기를 쓸 때, 틀리게 말하거나 잘못 쓰면 바로잡아 줄 수 있을 정도가 되었다.

아이들이 책을 읽은 후 독후감 쓴 것도 어디에든 저장해 두어야 한다. 컴퓨터는 기본적으로 알아야 했다. 영상 편집, 블로그 운영, 파워포인트, 싱크와이즈 등 익숙하지 않았다. 못하면 안 되기에 꼭 해 내야 했다. 새로운 기능을 배우는 과정에서 어려움을 겪었지만, 성취감도 컸다. 손주들이 쓴 글을 온라인 카페에 가지런히 날짜별로, 주제별로 알아보기 쉽게 정리했다. 그리고 깨달았다. 내 안에 옹이가 없었다면 이렇게 애쓰지 않았을 거란 걸.

네이선 W. 모리스(Nathan W. Morris)가 쓴 어느 책에서 읽은 명언이 생각났다.

"당신의 부족함은 당신의 힘이 될 수 있다."

이 말은 내 삶의 철학이 되었다. 옹이는 더 이상 나를 움츠러들게 하는 게 아니었다. 그것은 더 나은 사람으로 만들어주고, 부끄러운 할머니가 아니라 공부하는 할머니가 되게 했다. 주변 사람들은 나에게 묻는다.

"그 나이에 일할 만큼 했으니 좀 쉴 것이지 무슨 공부를 한다고 고생을 사서 해요?"
"이 나이이기에 할 수 있는 거야."

이제 과거의 나에게 말한다. 부족했던 어제를 탓하지 마라. 부족함을 극복하고자 노력한 걸 칭찬한다. 그리고 내일의 나는 오늘 내가 얼마나 성실히 살았는지에 따라 달라질 것임을 잊지 않는다.
웃었다. 들키고 싶지 않아서가 아니라 하면 된다는 희망이 있어서.

내 인생의 오늘 페이지

| 권경애 |

다름을 바라보는 유연한 시선이 필요하다. 장애인을 바라보는 시선 또한 마찬가지다. 겉모습으로 상대를 판단하기보다는, 다름을 인정하고 서로를 존중하는 자세가 따뜻한 세상을 만들 수 있다.

| 권미숙 |

우리에게는 정이 없어 보이지만 식당 주인에게는 인건비를 줄여서 편리하다. 거리상 갈 수 없어 듣지 못할 수업이라도 앉아서 들을 수 있어 좋다. 하지만 따뜻한 엄마 키오스크처럼 정이 그리운 건 사실이다.

| 김성숙 |

공인중개사 자격증 공부를 하면서 공부에도 때가 있다는 것을 절실히 느꼈다. 그래서 아이들 공부만큼은 때를 놓치고 싶지 않았다. 아이들에게 공부도 타이밍이라고 말한다.

| 김주하 |

마음이 병들어 가며까지 참는 것은 옳지 않다. 나를 위한 갭이어(gap year)를 통해 새로운 길을 찾고 다시 일어설 용기를 얻었다. 실패도 경험이라 믿으며 하나씩 만들어 가면 된다.

| 박찬홍 |

말은 평판과 인간관계를 결정짓는다. 대화할 땐 먼저 듣고 말하기 전에 3초간 멈춰보자. 말은 사람의 마음을 따뜻하게 할 수도 있지만, 날카로운 칼처럼 깊은 상처를 줄 수도 있다.

| 백오규 |

빨리 가려면 혼자 가고, 멀리 가려면 함께 가라. 일상을 함께하는 동반자의 소중함과 인생 여정의 의미를 짧은 여행 속에서 비로소 깨닫는다.

| 안은희 |

기술은 빠르게 발전하지만, 그 안에서 진짜 중요한 건 사람과 사람 사이의 온기다. 함께 나누는 마음, 공감하는 경험이야말로 시대를 넘어 변하지 않는 가치다.

3장 인생 2막을 살아가다

| 유윤희 |

한 분야의 전문가가 되기 위해선 1만 시간이라는 어마어마한 노력이 필요하다고 한다. 무슨 일을 시작하든 쉽게 포기하거나 좌절하지 말고, 스스로 다독이며, 긴 시간 노력한다면, 원하던 결과를 얻을 수 있다.

| 이경숙 |

우리는 늘 계획한 대로 사는 게 아니다. 내 계획에서 벗어나더라도 그 일을 즐길 수 있는 여유로운 마음이면 충분하다.

| 이성애 |

부족했던 어제를 탓하지 말고 부족함을 극복하고자 노력한 오늘을 칭찬하라. 내일의 나는 오늘 내가 얼마나 성실히 살았는지에 따라 달라질 것임을 잊지 않는다.

4장

인생 2막을
설계하다

찬란한 화룡점정을
기다리는 미래

비교를 멈추니 비로소 내가 보였다

권경애

밤사이 눈이 쌓였다. 창밖에는 계속 눈이 온다. 방금 내린 향긋한 커피 향이 코끝에 머문다.

'오늘은 아무도 못 오겠군.' 탑이 있는 동네라 하여 '탑들'이라고 불리는 곳이다. 어렸을 땐 할머니 댁이었고, 엄마가 마지막까지 계셨던 곳, 이제는 내가 머무는 장소가 되었다. 들어오는 입구가 경사가 심한 길이라 눈이 많이 오는 날에는 이동이 힘들다. 아무도 오지 않는 이곳엔 고요함이 가득하다. 잠시 나가볼까? 누구도 밟지 않은 하얀 눈밭에 나의 발자국이 새겨진다. 바람 소리만 들리는 밤이면 쏟아질 듯한 별이 가득한 곳, 마음의 평안을 가져다주는 나만의 세상이 된다.

"성공이란, 인생을 자신이 원하는 모습으로 만드는 일이다. 당신의 인생을 당신 자신이 원하는 모습으로 만들어라."라고 짐 론이 말했다.

하얗게 내린 눈을 바라보고 있으니 이 구절이 떠올랐다. 마흔이 넘어 시작한 자기 계발에 성공과 성장이라는 막연한 기대를 걸었다. 새로운 일들을 하나씩 접해갔다. 하지만 변화는 빨리 일어나지 않았다. 노력이 부족했던 걸까? 남들보다 더 뒤처졌다. 조급한 마음에 실수를 많이 했다. 성공이란 닿을 수 없는 신기루 같았다. 20년이 지난 지금 나는 성공이라 말할 수 있을까? 글쎄. 보는 사람마다 다르겠지만, 이제야 평안을 가졌다.

어떤 모습을 원했길래 행복을 말하는 걸까? 행복을 무엇이라 생각했을까? 돌아보면 나는 비교 속에서 살아왔다. 아빠는 고모 댁에 다녀오면 사촌들의 성적부터 성격, 외모까지 칭찬했다. 그래서 아빠가 고모 댁에 다녀온 날이면 눈치를 보게 되었다. 학창 시절도 매한가지였다. 엄마는 모임에 다녀오면 "뉘 집 아이는 공부를 잘하더라. 뉘 집 아이는 어떻다더라."라는 말을 많이 하셨다. 그때마다 나도 모르게 움츠러들었다. 비교는 그림자처럼 나를 따라다녔다. 그러는 사이 자존감은 점점 낮아졌다. 물론 부모님이 나를 사랑하지 않은 것은 아니다. 자식들이 더 잘되기를 바라셨으나, 마음을 제대로 표현하는 방법을 잘 몰라서 그러셨을 것이다. 어릴 때부터 다짐했다. 초라해지는 기분을 누구보다 잘 알기에 비교하는 엄마는 되지 않겠다고 결심했다. 나름 비교하지 않고 아이들을 키웠다고 생각했다. 하지만 그건 내 착각이었다. 비교는 부러움이라는 이름으로 나와 함께 있었다.

다시 쓰는 내 인생의 페이지

20대에는 좋은 대학을 나온 친구들, 결혼 후에는 자상한 남편을 둔 친구들을 부러워했다. 나의 부러워하는 마음이 싸움의 발단이 되기도 했다. 지금이야 그 부러움이 낮은 자존감 때문이라는 것을 알지만, 당시에는 남편 탓을 했다. 인정하지 않았고 몰랐다. 나도 모르게 남편과 아이들을 평가하고 있었다. 어린 시절부터 받았던 비교가 무의식적으로 나왔다.

비교와 기대를 많이 하니 나도 힘들었다. 기준도 없는데 남들만큼은 해야 한다고 생각했다. 큰애와의 문제도 '이 정도는 해야지'라는 생각에서 비롯됐다. 기준 없이 그저 좋아 보이는 것들로 나를 채우려 했으니, 내 마음은 늘 날이 서 있었고, 시선은 온통 외부로 향했다.

어느 날, 지하철에서 종교인들이 들고 있는 '예수 천당, 불신 지옥'이라는 푯말을 보면서, 어쩌면 '자신을 믿지 못하는 삶이 곧 지옥이겠구나!'라는 생각이 들었다. 어린 시절 비교로 얼룩졌던 내가 '나를 믿지 못한 채 자라서, 나도 힘들었고 주위도 힘들게 했구나'라는 사실도 알게 되었다.

MBTI 검사와 유사한 심리유형 검사 중 하나로 에니어그램이 있다. 에니어그램은 사람들의 성격 유형을 크게 9가지로 구분하는데, 나는 6번 유형이었다. 6번 유형의 특징은 신뢰와 안전을 중요하게 여기는 사람이다. 가치관 검사에서도 신뢰가 가장 중요한 것으로 나왔다. 믿는다는 것은 누구에게나 중요하겠지만, 나의 경우 타인은 물론 나 자신과의 신뢰도 굉장히 중요한 사람이었다. 하지만 성장 배경과 스스로에 대한 믿음이 약하니 삶의 순간마다 문제를 일으키게 된 것이다. 배움을 시작하고 나서 나에게 가장 중요한 가치를 알게 되니 힘들었던 이유를 알게 되었고, 해결해 나갈 수 있게 되었다. 나에게 가장 힘들었던 부분인 자기 신뢰를 알고 나서 나와 작은 약속부터 하나씩 실천했다. 자기 계발을 시작하면서 쓰게 된 감사 일기가 많은 도움이 되었다. 감사 일기를 쓰면서 작은 일을 관찰하고 의미를 부여하며 실천하였다. 매일 작은 감사 거리를 찾게 되니 숨을 쉬는 것처럼 너무 당연하다 싶은 일도 감사의 계기로 만들 수 있었다. 작은 일이라도 절대 하찮은 일이 아님을 알게 했다.

감정이 격해지는 순간이 올 때는 자리를 옮기는 용기도 생겼다. 타인의 시선을 의식해 참았다가 엉뚱한데 불똥이 튀는 일도 피할 수 있었다. 감정을 다르게 표현하는 방법도 알게 되었다. 불편한 감정을 참았다가 터트리지 않았다. 대신 글로 적었다. 특히 남편과 다툰 후에는 '마지막 순간'이라는 제목을 적어 놓고 느낌을 적었다. 처음엔 온갖 감정이 뒤엉켜 부정적인 감정들이 올라왔지만, 시간이 지날수록 차분해질 수 있었다. 시간이 지난 뒤 다시 글을 읽으면 '에이! 별거 아닌데 화를 냈네.'라는 생각이 들기도 했다. 물론 용기를 주는 편지도 썼다. 어느 날은 편지, 어느 날은 일기였다. 글을 적는다는 것은, 자신을 돌아보게 한다. 잡히지 않던 생각들을 눈으로 볼 수 있다. 글 속에서 나는 타인이 되어 객관적인 눈으로 나를 바라보게 된다.

다시 쓰는 내 인생의 페이지

과거에는 남들의 기준 속에서 길을 찾으려 했다. 좋은 대학, 좋은 직장, 좋은 배우자. '좋은'이라는 단어가 의미하는 것은 언제나 남들이 인정하는 것이었다. 내 기준이 아니라, 세상이 말하는 기준을 따르려니 내가 어디로 가고 있는지조차 알 수 없었다. 그러나, 내가 원하는 것은 타인의 눈에 보이는 이상적인 삶이 아니라, 온전한 내 삶이라는 것을 알게 되었다.

어린 시절, 비교 속에서 위축되었던 내면 아이를 따뜻하게 안아 주었다.

"괜찮아. 있는 그대로도 충분해."

그렇게 다독여 주었을 때 내면 아이는 편안해진다. 지금, 이 순간의 소중함을 느낄 수 있다. 향긋한 커피 한 잔에도 감사함을 느낄 수 있고, 서로의 이야기를 나눌 수 있는 사람들도 고마웠다. 삶은 남들의 기준으로 평가받을 대상이 아니라, 내가 온전히 경험하는 과정이다. 과거는 지나갔고, 미래는 알 수 없다. 중요한 것은 바로 지금, 이 순간을 어떻게 살아가느냐이다. 나는 나를 믿기로 했다.

누구나 자신만의 이야기가 있다. 그 이야기가 해피엔딩, 새드엔딩이 되는 것은 각자의 몫이다. 더는 비교와 후회의 이야기 속에 머무르지 않는다. 원하는 삶을 이루기 위해 최선을 다한다. 앞으로도 나를 믿으며 나아갈 것이다.

평생 현역이다

권미숙

따르릉따르릉! 새벽 알람 소리가 요란하다. 그도 그럴 것이 핸드폰 두 대와 탁상시계까지 울린다.

손녀를 돌보는 날이라 세수도 하는 둥 마는 둥 하고 옷을 주섬주섬 챙겨 입었다. 남편보다 일찍 나가는 날이다. "알아서 아침밥 챙겨 먹고 출근할 테니까 잘 다녀와."라고 남편이 한마디 한다.

유년 시절에는 장 닭 우는 소리에 잠을 깼다. 어슴푸레한 어둠 속에 부스럭부스럭 엄마가 옷 입는 소리, 할머니가 담배통 찾는 소리가 난다. 윤 씨 아저씨는 벌써 왔는지 뒤꼍 정제에서 구정물 붓는 소리도 어렴풋이 들린다. 쇠죽 끓일 준비를 하는 소리다. 고구마, 무 껍질을 짚과 쌀겨, 마른풀 등과 함께 버무려서 이른 새벽 윤 씨 아저씨는 쇠죽을 끓인다. 간밤에 저녁 먹고 난 후, 무랑 고구마 깎아 먹은 껍질은 버리지 않고 따로 두었다. 살짝 얼었던 고구마와 무는 과일이 귀하던 시절 달고 시원해서 긴긴 겨울밤 헛헛함을 달래기에 좋았다. 할머니는 아침 드시기 전, 다 끓인 쇠죽 맛을 본다. 건더기가 적어 묽을 때는 무도 더 썰어 넣고 보리쌀도 넣었다. 할머니는 아침밥을 뭇국에 말아 한 술 뜨시고 누룽지 끓인 숭늉을 드셨다. 상을 물리면서 "옆집 소는 살이 쪄서 등짝이 번들번들 하드만, 우리 소는 삐쩍 말랐드라." 하시며 혀를 끌끌 찼다.

이른 봄 독새풀이 언 땅을 겨우 밀어내고 연두 잎을 드러냈다. 겨우 내내 푸른 잎을 먹지 못한 소를 먹이려고 윤 씨 아저씨는 망태를 메고 집을 나섰다. 농사짓는 데 소는 가장 큰 일꾼이다. 그러다 보니 할머니는 소가 살찌고 마른 것에 신경을 많이 썼다. 안채와 떨어져 있는 마구간에 가서 아침 드시기 전 소를 자주 쓰다듬었다. 귀고리처럼 달고 있는 워낭에서는 잘그랑 잘그랑 소리가 났다.

나이가 많이 들었나 보다. 유년 시절 고향 집 풍경이 또렷하게 떠오른다. 베이비 붐 시대에 태어난 우리는 세끼 밥만 먹어도 부자였다. 도시락을 싸 오지 못한 친구들을 위해 학교 뒤뜰에 가마솥을 걸었다. 점심시간 가까워지면 옥수수죽 끓이는 냄새가 온 교실을 뒤집어 놓았다. 수업 마치는 종이 울리자마자 빈 도시락 챙겨 들고 숟가락으로 두들기며 몰려 나갔다. 선생님이 교탁을 회초리로 쳐도 친구들은 아랑곳하지 않고 뒤뜰로 달려 나갔다. 6학년 오빠들이 다시 줄을 세웠다. 큰 가마솥에서 노란 옥수수 죽을 차례차례 빈 도시락에 퍼주었다. 쌀이 부족했던 1960년대 정부에서 분식을 많이 장려했다. 동네 반장님이 집마다 다니며 수요일은 '분식의 날'이라고 알려주었다. 굳이 분식의 날이 아니어도 봄이 되면 양식이 없어 밀가루로 끼니를 때우는 집이 허다했다.

새벽 시간 105번 마을버스를 탔다. 버스는 전기차로 깨끗하다. 이른 새벽인데도 마을버스에는 나와 비슷한 연배 사람들이 많다. 미화원, 요양보호사, 아파트 경비원으로 근무하시는 분들이라고 한다. 우리 세대는 어린 시절부터 열심히 살았다. 부모님을 섬기고, 자녀들 키우느라 노후 준비를 하지 못해 아직도 일하는 사람이 많다. 혹시나 하고 두리번거리는데 칠십 대쯤 되어 보이는 할머니께서 얼른 엉덩이를 들썩이며 자리를 마련해 준다. 서로 의지하며 가다 보니 금방 친해졌다. 칠십 대 초반으로 아파트 청소하러 간다고 한다.

"젊을 때는 우리 신랑이 사업을 했는디, 차암 잘 됐소. 근디 그 노므 IMF 땜시 망해부렀소."

딸은 시집가서 잘 사는데 귀하게 키운 아들이 제대로 된 일자리를 얻지 못해, 아르바이트를 하는 중이라고 덧붙였다. 이십 분 정도 같이 버스를 타고 가는 중에 오래전 알던 사람처럼 자기 마음을 털어놓는다.

"그런데 아줌마는 어디 가요?" 하고 내게 물었다.

"아들, 며느리가 일찍 출근해서 손녀 돌보러 가네요."

"내 자식 키울 때는 멋모르고 키웠는디, 손자 손녀들은 참말로 이쁩디다. 이뻐도 애기 보는 것이 힘든디. 욕보이쇼." 하고 그 할머니는 벨을 눌렀다.

그동안 다니던 입시 학원에서 예순세 살 되던 해에 퇴직했다. 직장 다니는 동안 친정어머니께서 다행히 요양 4등급 받고 주간 보호 센터에 다니셨다. 그런데 우리 집이 단독 3층이라 오르고 내릴 때마다 백두산보다 더 높은 데 산다고 푸념하셨다. 백 세 되신 친정어머니를 집에서 돌보기 위해 퇴직 후 요양보호사 교육원을 찾았다. 집에서 모시고 싶은 마음에 자격증을 빨리 따고 싶었다. 그러나 코로나 시기여서 시험 일정이 자주 연기되어 취득이 늦어졌다.

2020년 12월 끝자락에 어머니는 주간 보호 센터에 가시기 위해 현관을 나서다가 맥없이 주저앉았다. 십여 년 전 쓸개에 돌이 차서 시술받았는데, 떼어낸 쓸개의 관에 돌이 또 생겨 무더운 여름에 다시 시술받았다. 입맛도 예전만 못해서 좋아하던 병어 찌개나 게장도 잘 드시지 않았다. 마지막까지 안간힘을 쓰며 살아오신 어머니께서 마침내 지팡이를 놓으셨다.

4장 인생 2막을 설계하다

그 후 어머니는 3주 동안 사시다가 천국에 가셨다. 막상 나는 요양보호사 자격증으로 어머니를 3일밖에 돌보지 못했다. 4년을 함께 사는 동안 어머니께 들은 이야기를 가끔 글로 써서 형제 카톡 방에 보냈다. 형제들 이야기와 재봉틀, 시집살이 이야기, 지리산과 가까운 동네에 살며 겪었던 빨치산 이야기 등을 수시로 써서 올렸다. 그랬더니 오빠가 글을 한번 써보라고 했다. 그때부터 블로그를 시작했다. 그렇게 올렸던 글로 브런치 작가가 되었다.

얼마 전 노후 설계 전문가 강창희 대표의 강의를 들었다.

"경비원, 요양보호사, 미화원 등은 궂은일이지만 우리 사회에서 꼭 필요한 인력이다. 가장 확실한 노후 대비는 '평생 현역'이다. 퇴직 후 재취업, 월 50만 원의 근로소득은 '2억 원'의 정기예금과 같은 효과다. 체면을 버리고 허드렛일이라도 하겠다는 마음가짐도 노후 대비다. 그리고 자기실현을 위한 취미 활동도 필요하다."라고 했다.

새벽 마을버스에서 만난 평범한 이웃들, 옛날 우리 할머니, 어머니. 모두 평생 현역으로 사신 분들이다. 나도 어머니 가신 후 현재 요양보호사로 현역이다. 요양 3등급 할머니를 돌본다. 그리고 어머니께 들은 이야기, 5060 세대들의 이야기를 글로 써서 브런치에 올리는 작가로도 활동 중이다.

일흔을 눈앞에 두고 있다. 어느 책에서인가 '일흔'을 소리 나는 대로 읽으면 '이른'이라고 했다. 나도 현역으로 일하면서 '이른' 결심을 한 작가로서 그 꿈을 펼쳐 나아가는 중이다. 꽃 진 자리도 아름답다. 내년에 필 꽃을 기대하며 오늘이 선물임을 감사하며 살아간다.

나를 알아가다

김성숙

내 인생의 목표는 두 아이가 건강한 성인이 되는 것이다. 그리고 나에게는 사명도 있는데, 바로 진정한 '엄마 역할'하기이다. 아이들을 위해서라면 뭐든 감내할 자신이 있다. 이런 마음가짐이 내 원동력이 되어 지금의 나를 버티게 해준다. 앞으로도 그럴 것이다. 주변에서는 '나의 인생'을 살라고 조언한다. 그러나 나는 당당히 이것이 '내 인생'이라고 말한다.

큰아이는 12학년이 되었다. 미국 대학으로 진학시키기 위해서 돈을 더 벌어야 한다. 나는 아이들에게 많은 경험과 기회를 주고 싶다. 세계의 돈이 모이는 곳 미국에서, 더 넓은 세상과 기회를 맞을 수 있도록 해주리라. 그러나 현실은 녹록지 않다. 큰아이 미국 대학 보내기 프로젝트를 계획했는데, 문제는 돈이다. 아이가 공부에만 집중하도록 지원하려면 돈이 있어야 한다.

생활비를 제외하고, 큰아이 학비로만 매월 현금 천만 원이 들어오도록 만들려고 했다.

마침 사무실 지하층에 75평짜리 임대공간이 나왔다. 욕심났다. 내가 임대한다면 무엇을 해볼까 생각했다. 무인 창업이 대세라 강의장과 댄스 연습실을 만들어 볼까 고민했다. 한 공간에 여러 업종을 운영하면 마케팅도 2배로 힘들 것이란 생각에 아니다 싶었다. 사무실 주변엔 서울대학교와 법 학원, 고등학교, 중학교 등이 있다. 이런 여건을 고려한다면 스터디카페가 좋을 것 같았다. 스터디카페에서 생긴 수익금을 사용하지 않는다면, 2년 후엔 고시원을 인수할 수 있을 거다. 고시원에서 나오는 수익금으로 큰아이 학비는 만들 수 있다. 고민 끝에 그 지하층을 임대했고, 계획대로 스터디카페로 만들었다.

고시원과 스터디카페 인테리어를 전문으로 하는 사장을 20년째 알고 지냈다. 그 사장의 조언대로 지하인 점을 고려해 환기 시스템에 특히 신경을 썼다. 회원들의 합격을 위해서 어떻게 운영해야 할지 고민했다. 나라면 어떤 스터디카페를 이용할까? 스스로 찾은 답은 깨끗하게 관리하는 것이었다. 청결하고 먼지가 없어야 공부에 집중하기 좋다고 생각했다. 이런 생각에, 청소에 신경을 많이 썼다. 새벽에 일어나 2시간 동안 청소를 했다. 사무실 업무도 처리해야 하는데 새벽에 일어나 청소하니 너무 힘들었다. 두 가지 일을 다 하기 힘들어 청소 업무는 아르바이트생에게 맡겼다.

내가 운영하는 스터디카페에서 공부한 회원들의 합격 소식을 들으면 뿌듯했다. 공부할 땐 사고의 한계가 있는 거 같다. 내가 공인중개사 시험공부를 할 때 그랬다. 그런 경험을 바탕으로 회원들이 공부에만 집중하도록 요구사항은 바로바로 해결해 준다. 그 덕분인지, 스터디카페는 잘 운영되고 있다.

스터디카페를 운영하고 1년간 약 5천만 원을 모았다. 그 돈을 미국 주식에 투자했다가 3개월 만에 전부 날렸다. 그 돈은 큰아이의 학비로 계획한 것이었다. 큰아이가 미국으로 가려면 1년 정도 밖에 남아 있지 않았다. 눈앞이 캄캄했다. 때마침 큰아이는 엄마 때문에 세부에 5년간 갇혀 살았다고 불만을 터뜨렸다. 그 말을 듣는 순간 화가 치밀어 올랐다. 돈을 전부 잃고 참담했는데, 아이의 모진 말이 가슴을 후벼 팠다. 한 달 동안 아무것도 할 수가 없었다. 아이가 왜 그런 말을 했을까? 그 말을 한 아이는 어떤 마음이었을까?

그동안 모은 돈을 한순간에 날리고 한 달 동안은 제정신이 아니었다. 아이가 한 말이 머리에서 떠나지 않았다. 그러나 여기서 무너질 수는 없다는 생각이 들었다. 정신을 바짝 차려야 한다고 마음을 다잡았다. 우연한 기회에 코칭을 배웠다. 코칭이 무엇인지 처음에는 생소했다. 코칭은 상대방의 말을 경청해 주고 공감해 주며 질문으로 잠재력을 끌어낸다. 코칭을 배운 목적은 아이와 진정성 있는 대화를 하고 싶어서였다. 특히 큰아이와 소통하고 싶었다. 돈은 다시 벌면 된다.

코칭을 배운 후 큰아이가 공부하는 세부에 갔다. 마음을 다잡고 큰아이 얼굴을 본 순간 "그동안 많이 힘들었지?" 하고 말을 꺼냈다. 아이는 속사포처럼 마음에 담아 두었던 말을 쏟아 냈다. 아이 마음에 공감하며 부드럽게 건넨 엄마의 말에, 아이의 눈빛이 이전과는 달리 부드러워졌음을 알 수 있었다. 아이는 대학교 진학을 위해 시험공부를 하며, 스트레스를 많이 받고 있었다. 따뜻한 엄마의 말 한마디에 아이의 마음속에 쌓여 있던 모든 게 녹아내렸다.

마침 잘 알고 지내는 송수용 대표가 추천해준 『아주 작은 반복의 힘』이라는 책을 준비해 갔다. 이 책의 핵심 내용은 "목표를 달성하는 유일한 길은 작은 일의 반복이다. 목표가 크면 클수록 자신감이 떨어진다. 그래서 작게 잘라 하나씩 완성해 가다 보면 어느새 완성되어 있다."라는 거다. 책에 쓰인 내용대로, 아이에게 목표를 작게 자르는 것을 구체적으로 적어 보자고 했다. 아이도 현실을 이해하며 받아들였다. 아이에겐 중요한 시기였는데, 엄마와 소통한 게 큰 도움이 된 것으로 보였다. 3박 4일간 엄마의 역할을 하고 와서 뿌듯했다.

때론 아이에게 결과를 내야 한다고 다그치기도 했다. SAT 점수가 발표되었는데, 그런대로 괜찮았다. 아이는 잘하고 있었는데, 정작 문제는 나에게 있었다. 그때가 바로 아이의 학비를 주식에 투자하여 다 잃어버리는 바람에 절망적인 상황에 있던 때였다. 내 욕심으로 인해 중요한 시기에 계획이 틀어졌다. 아이들이 공부를 마칠 때까지 지원해야 한다는 생각에 지출을 최대한 줄이기로 했다. 공부를 마칠 때까지 주식이고 투자고 절대로 하면 안 된다.

실수하지 않기 위해 나를 알아보기로 했다. 갤럽의 심리진단 도구인 '강점 조사'에 참여해 보았다. 조사 결과 나의 강점 1번은 책임감으로 나왔다. 책임감이 첫 번째인 사람은 하겠다고 말한 것에 끝까지 책임을 진다고 한다. 조사 결과를 설명해 주는 코치는 "책임감이 1번인 사람을 만나면 위로해 준다. 건강상으로 암에 걸릴 확률이 높기 때문이다."라고 했다. 깜짝 놀랐다. 그렇지! 내가 건강하지 않으면 그동안 노력했던 일들이 수포가 될 수도 있다. 그래 건강을 챙기자. 조사 결과에 따르면, 나의 강점 두 번째는 최상화, 세 번째는 전략, 네 번째는 정리, 다섯 번째가 지적 사고 순이었다. 이런 결과는 업무적으로 탁월한 성향이었다. 하지만 가족들을 대하기엔 가혹한 성향 아닌가? 따뜻하고 다정한 엄마이길 바랐지만 그렇지 못했다는 것에 대해 아이들에게 미안했다. 이렇게 나조차 나를 모르고 지내왔다는 게 한심스러웠다. 그리고 이제라도 나를 알아가는 것에 대해 감사했다.

앞으로 10년 동안은 아이들이 건강한 성인이 되도록 도와주어야겠다. 또 고시원 컨설팅을 시대의 흐름에 맞게 하고 싶다. 아니, 하겠다. 내가 처음 고시원 중개 일을 시작하던 23년 전 컨설팅은 1대1이었다. 지금은 1대 다자로 마케팅 방법도 변화되었다. 고시원은 수익형 부동산이다. 유튜브와 오프라인 강의로 컨설팅하는 사람들이 늘고 있다. 강의도 해야겠다고 생각하고 있지만, 먼저 글쓰기를 통해서 나 자신을 알아가고 나를 알리는 브랜드 컨설팅에 집중해야겠다.

50:50 반전을 꿈꾸다

김주하

8년째 동거 중인 고양이가 있다. 귀가 작은 흰색 고양이다. 긴 꼬리는 회색과 흰색이 섞인 줄무늬가 있어 너구리 꼬리처럼 생겼다. 부드러운 털이 햇빛에 반짝거리고, 편안하게 잠든 모습을 보면 내 마음도 한없이 따뜻해진다. 고양이의 하루 일상 중 가장 큰 특징은 먹고 자기를 반복한다는 것이다. 자는 고양이를 덥석 안고 까끌까끌한 코를 만지면 "그르릉 그르릉 골골골" 하며 고양이 특유의 소리를 낸다. 더러 고양이와 낮잠을 자기도 한다.

결심이 필요해.

2025년 1월. 40대를 보내고 50대를 맞이했다. 고양이만 보면서 시간 도둑, 마음 도둑만 당할 수 없었다. 새해 계획을 하나둘 적어 내려갔다.

앞으로 펼쳐질 50대는 하기 싫은 일을 억지로 하기보다, 나 자신을 위한 시간으로 채우겠다고 다짐했다. 제2의 인생을 어떻게 보낼지에 대한 고민 끝에 우선 실천할 몇 가지 루틴을 정했다.

첫째, 나답게 살기. 지금까지 나는 주위 사람에게 좋은 사람이 되고 싶어 주로 상대방의 의견에 맞춰 행동했다. 타인의 시선을 지나치게 의식했다. 이제부터는 내 감정이나 나를 이해하는 게 더 중요해졌다. 내 생각대로, 내가 하고 싶은 대로 자유롭게 두기로 했다.

둘째, 운동을 통해 건강 유지하기. 최근에 노안이 와서 안경을 맞췄다. 돋보기라고 했다. 나이가 든다는 신호다. 건강은 모든 행복의 기초이기에 건강할 때 지켜야 한다. 지금부터 부지런히 걷기 운동을 하려고 한다. 매일 10분 산책부터 시작했다.

셋째, 혼자 있는 시간을 배우는 데 할애하기. 빠르게 변화하는 환경 속에서 밀리지 않으려면 공부는 필수다. 학무연령(學無年齡)이라고, 배우는 데 나이는 상관없다는 말처럼 사람은 끊임없이 배워야 한다. 악기 연주, 자격증 도전, 경제 공부, 유튜브 제작, 다른 나라 언어 배우기 등 뭐든 시도해 보면서 풍성하고 깊이 있는 인생을 만들려고 한다.

넷째, 봉사활동 하기. 기꺼이 내 시간을 내어 도움이 필요한 곳에 손길을 보태고 싶다. 몇 년 전만 해도 한창 바쁘게 보낼 때는 불평과 불만이 쌓였었다. 이때 남과 비교하면 나한테 없는 것에 더욱 집착하게 될 뿐이다. 감사한 마음을 내기란 말처럼 쉽지 않다. 그럴수록 주변으로 눈을 돌릴 필요가 있다. 나보다 어려운 사람들에게 봉사하며 도움을 주고 싶다.

다섯째, 글쓰기. 나의 일상을 글로 남기고 싶다. 소중한 하루하루를 글로 남기지 않아 잊어버린다면 아쉬울 것이다. 그뿐만 아니라 마음이 복잡할 때 글을 끄적이는 행위는 안정을 찾는 데 도움이 되었다. 그리고 글쓰기는 앞으로 내 삶의 중요한 부분이 될 것이라는 점에서 각별하다. 결코 포기할 수 없는 버킷리스트 중 하나다.

50대가 되니 아이도 제법 커서 손길이 덜 간다. 그만큼 나만의 시간을 낼 수 있게 된 셈이다. 중년. 어렸을 때는 빨리 어른이 되고 싶었을 뿐 50대는 남들 얘기 같았다. 그러던 내가 어느새 그 나이가 됐다. 중년이 되면 육체적인 변화 말고도 달라지는 게 여러 가지가 있다. 자녀와 관계도 예전 같지 않고, 직장인이라면 승진도 하고 그에 따라 역할도 바뀐다. 노후의 재정적 문제는 더욱 피할 수 없는 현실로 다가온다. 인생에 대한 의미, 내가 이룬 것들과 미래의 계획에 대해 생각을 많이 하게 된다.

행복하고 싶었다. 20년을 다니던 직장을 퇴사한 이유 중 하나였다. 행복하려면 어떻게 해야 할지, 성공적인 인생은 어떤 삶인지 알고 싶었다. 인생에는 다양한 길이 있다. 순자산 17조 원을 자랑하는 텔레그램의 CEO 파벨 두로프는 "인생에서 가장 중요한 것은 자유"라고 말했다. 그는 하고 싶은 일에만 집중하고 싶어서 특정 국가에 거주하지 않고 부동산 등의 물리적 자산 소유를 최소화한 미니멀한 삶을 실천한다고 한다. 물리적 자산을 소유하면 그것을 관리하는 데 시간을 써야 하기 때문이다. 자유롭고 얽매이지 않는 삶, 자기 생각대로 그리며 사는 인생. 나는 이것이야말로 행복하고 성공적인 인생이라고 생각한다. 글쓰기는 그중 하나가 될 수 있다. 그래서 만난 행운이 글쓰기였다.

작가 장강명은 1년에 2,200시간 이상을 글 쓰는 데에 쓴다고 한다. 한국 근로자의 연평균 근로 시간이 2,100시간 기준이라고 하는데, 어느 정도인지 실감이 난다. 나도 따라 해보려고 한다. 평일만큼은 꼭 5시간씩 투자해서 연 1,300시간 이상 독서와 글쓰기를 목표로 계획을 세웠다.

글쓰기는 내가 원해서 시작했기 때문에 즐겁게 할 수 있다. 40대까지는 앞만 보고 달리느라 바빴다면, 50대부터는 다른 방식으로 시작하려고 한다. 눈뜨면 회사에 가고, 아이를 키우는 일상에서 정작 나라는 존재는 없었다. 수많은 시간과 계절이 지나 어느새 50대를 맞았지만 정작 기억에 남는 일은 그리 많지 않다. 남은 인생엔, 반전을 꿈꿔본다.

설렌다. 이미 글쓰기를 시작했다. 글쓰기는 노트와 펜만 있으면 언제 어디서나 가능하다. 작가가 되는 데는 특별한 면허나 자격증이 필요하지 않다. 물론 반짝거리는 글감을 찾기 위해서는 다양한 경험과 독서량이 축적되면 좋겠다. 관찰하는 습관과 창의력도 필요하다.

글쓰기를 마음먹은 뒤로 나이 듦에 대해 더 이상 두렵지 않게 됐다. 세월이 흘러 자녀가 독립하고, 주위에 함께할 친구도 없어지면 고립감을 느끼기 쉽다고 한다. 그 빈자리와 외로움을 글쓰기로 채울 수 있지 않을까. 자기표현, 자아 성찰, 다른 사람과 소통 등에 이것만큼 도움이 되는 것도 없을 거다. 누구나 마음만 먹으면 작가가 될 수 있다는 게 참 다행이다.

글쓰기에 대한 동기가 주어졌다면, 다음은 목표를 세우고 나만의 구체적인 실행 계획을 짠다. 어떤 글을 어떻게 쓸지에 대한 확실한 로드맵만 잘 설정한다면 절반은 성공한 셈이다. 시작이 반이라는 말도 있지 않은가.

좋은 글쓰기를 위해서는 평소 습관이나 자세가 중요하다. 책을 읽으면서 좋은 글귀는 필사해 보며 글의 구성을 살피거나 내용을 풍부하게 만드는 데 도움이 되었다. 순간순간 떠오르는 글감이 있을 때마다 메모도 했다. 쓰다가 막힐 때도 있다. 그럴 때는 시간을 두고 글에서 잠시 벗어나 있기도 했다. 주변을 관찰하거나 여러 상상을 해보면 뜻밖의 영감을 얻을 때도 있다. 마음을 다잡고 쓰려하지 말고, 매일 한 줄이라도 쓰는 습관을 들이면 엉켜 있던 생각이 풀리는 실마리를 찾을 수 있다.

미국의 소설가인 폴 오스터는 "글쓰기는 고독한 일이다. 그 고독 속에서 우리는 세상과 연결되는 법을 배운다."라고 언급했다. 나도 그 고독을 즐길 줄 알고, 포기하지 않는 자세를 가져야겠다고 다짐해 본다. 오늘도 조금씩 써내려 가면서 그 방법을 배워 가고 있다. 비록 마음처럼 빠르지는 않더라도, 꾸준히 노력하면 결국 이룰 수 있으리라. 다시 오지 않는 인생, 진짜 나를 찾는 것, 바로 글쓰기가 이끌어줄 거다. 내 경험이 글로 표현되고 누군가에게 도움 되는 메시지를 전할 수 있다면, 그것은 덤으로 얻는 행복이다. 올해는 글로 꽃 피울 봄이 기다려진다. 커밍순(coming soon).

4장 인생 2막을 설계하다

5

붓끝에서 피어나는 행복

박찬홍

"그림 좋아하세요? 괜찮으시다면 제가 작품 설명을 해 드릴까요?"

혼자 조용히 그림을 감상하고 싶었지만 엉겁결에 "네."라고 답했다.

2년 전 가을 오후, 광화문에서 친구들과 모임을 마친 뒤 옛 생각이 나서 인사동까지 걸었다. 평일이라 길거리는 한적했지만, 외국인 관광객들이 삼삼오오 모여 다니는 모습이 보였다. '인사동10길'로 들어서서 골목 안쪽의 '경인미술관'으로 향했다. 전통다원과 아늑한 숲이 있는 그곳은 미술작품을 무료로 감상할 수 있어 회사 다닐 때도 동료들과 가끔 찾던 곳이다. 미술관의 고즈넉한 모습은 여전했다. 전통다원 맞은편 전시관에서는 수채화, 유화, 전통공예품 전시회가 열리고 있었다. 유화 전시실로 들어갔다. 눈 내리는 어촌을 몽환적으로 그린 풍경화 하나가 마음에 와닿아 한참 동안 바라보고 있었다. 그때, 단아한 옷차림의 40대 여성이 말을 걸어왔다. 미술작품을 해설해 주는 도슨트는 아닌 듯했다.

"제가 그 작품을 그린 화가입니다. 관람객이 적을 때는 직접 작품 설명을 하고 있어요."

화가는 각 그림의 의미와 사용한 재료, 그리고 전하고 싶은 메시지까지 귀중한 이야기를 들려주었다. 한 시간 넘게 그녀의 설명을 들으며 미술의 세계에 깊이 빠져들었다. 작품 하나하나에는 화가의 인생과 철학, 그리고 땀과 깊은 사유의 시간이 녹아 있음을 느낄 수 있었다. 평소 미술관에 가면 도슨트는 많은 관람객을 대상으로 작품의 핵심만 간략히 설명하고 지나가는 경우가 많았다. 그러나 그날은 화가와 직접 대화하며 작품을 깊이 이해할 수 있었다. 가슴이 뜨거워지는 특별한 경험을 했다. 단순히 감상에서 끝나지 않고, 직접 그리고 싶다는 열망이 생겼다.

퇴직 후 첫해는 오랜만에 찾아온 자유를 만끽했다. 사람들이 출근하느라 바쁘게 움직이는 아침, 한적한 카페에서 커피를 마시며 책을 읽는 여유가 좋았다. 친구들과 함께 등산을 가거나 자전거로 한강을 일주할 때면, 그 시간이 마치 30년간의 직장 생활에 대한 보상처럼 느껴졌다. 하지만 시간이 지날수록 불안했다. 처음에는 오랜 직장 생활에서 생긴 습관 때문이리라 생각했다. 늘 무언가를 해야 하고, 잠시라도 쉬면 안 된다는 강박관념이 여전히 내 안에 남아 있었던 것 같다.

재취업을 할지 취미 생활을 시작할지 고민하다가 결국 중소기업에 인사 담당 임원으로 입사했다. 처음에는 전 직장에서 쌓은 경험과 지식을 직원들에게 전수하겠다는 생각으로 열정적으로 일했다. 하지만 6개월쯤 지나자, 업무와 인간관계에서 오는 스트레스로 건강이 나빠지고 무기력해지기 시작했다. 대표이사의 지시에도 불구하고 기존 임원들은 변화를 강하게 거부했다. 팀장들은 회사의 발전보다는 자신의 자리 보전이 더 중요한 듯이 행동했다. 아무리 노력해도 나아질 기미가 보이지 않았다. 이대로는 안 되겠다는 생각이 들었고, 새로운 길을 찾지 않으면 후회할 것 같았다. 입사 전에 취미 활동을 할지 직장 생활을 할지 고민했었는데, 그 고민이 다시 현실이 되었다. 앞으로 무엇을 하며 살아야 할지 다시 진지하게 생각했다. 이제부터는 진정으로 하고 싶은 일을 찾아서 내 인생 2막을 열고 싶었다. 결국 1년 만에 회사를 그만두었다. 회사를 나서던 날, 의외로 마음이 편안하고 홀가분했다. 예전 퇴직할 때 느꼈던 아쉬움과 허전함은 전혀 없었다. 그때부터 마음속 깊은 곳에서는 진짜 하고 싶은 일을 찾고자 하는 열망이 싹트고 있었던 것 같다.

회사를 나온 뒤 6개월 동안, 진심으로 하고 싶은 일을 찾기 위해 많은 시

다시 쓰는 내 인생의 페이지

간을 들였다. 살아오면서 나만을 위해 그렇게 고민하고 진지하게 시도해 본 적이 없었다. 가족과 친구들에게 내 장점을 물어도 보고, 도서관에서 인생 · 철학 · 취미 · 여행 관련 책들을 읽으며 탐색했다. 대학 시절 취미로 가끔 만지던 기타를 다시 배우기도 했고, 여행을 다니며 여행 작가의 꿈도 꿔봤다. 또한 제2의 인생을 준비하는 중장년층을 위한 교육 · 일자리 프로그램인 '서울시 50플러스센터'의 다양한 강의도 들었다. 많은 시간과 노력을 들였음에도, 앞으로 20년 이상 내가 좋아서 즐겁게 몰두할 수 있는 일이 무엇인지 확신이 서지 않았다. 평생 가족과 타인을 위해 살았던 인생이기에, 쉽게 답을 찾지 못하는 것도 당연하다는 느낌이 들었다. 어느 날 오후, 아내와 차를 마시며 솔직하게 고민을 털어놓았다. 그러자 아내는 핵심을 찌르는 질문을 던졌다.

"당신이 어떤 일을 할 때 가장 오래 집중하고, 언제 가장 즐겁고 힘이 나는지 생각해 봐요."

찬찬히 지난 세월을 되돌아보니, 나는 그림 그리기를 좋아했다는 사실이 떠올랐다. 아이들이 유치원에 다닐 때도 함께 책상에 앉아 그림을 그리며 놀아주었고, 명절엔 조카들 앞에서 공룡과 다양한 동물을 익살스럽게 그려주곤 했다. 그런 그림을 보고 함께 깔깔거리며 즐거워했던 기억이 떠올랐다. 그림을 그릴 때만큼은 모든 근심과 걱정을 잊고 온전히 즐거움에 빠질 수 있었다. 학창 시절이나 직장 생활 중에도, 전시회 포스터를 보면 자연스레 미술관을 찾곤 했다.

그림에 대한 오랜 애정을 실천으로 옮기기 위해 집 근처 문화예술회관을 찾았다. 수업 첫날 연필을 쥐고 그림을 그리는 동안 시간이 멈춘 듯했다. 그리기에만 몰두하며 마음이 편안해졌다. 6개월 동안 연필 스케치를 배운 후 곧바로 유화에 도전했다. 캔버스 위에 색을 하나둘 쌓아가며 몰입하는 순간이 말로 표현할 수 없는 행복을 주었다.

유화를 시작한 지 1년 만에 다섯 작품을 완성했다. 첫 번째 작품인 화창한 가을 숲은 아내에게 선물했고, 따뜻한 시골의 봄 풍경을 담은 그림은 어머니께 드렸다. 어머니는 그림을 볼 때마다 고향 생각이 난다고 하셨다. 가족들은 첫 작품이 가장 마음에 든다며 식탁 위 벽에 걸어 두었고, 집안 분위기가 한층 더 포근해졌다고 말한다. 내 그림이 가족들에게 작은 행복이 된다는 사실이 그저 뿌듯하고 감사할 뿐이다. 얼마 전 결혼한 조카 부부는 결혼선물로 해바라기 그림을 부탁했다. "행복한 마음으로 그려야 그림을 보는 사람도 행복해진다."라는 말을 떠올리며 더욱 정성을 다해 그리고 있다.

최근에는 캘리그래피에도 도전했다. 그림 그리기와 캘리그래피는 나이가 들어서도 즐길 수 있는 좋은 취미다. 지난 연말에는 아내와 아들에게 캘리그래피 새해 인사 카드를 그려주었다. 친구와 지인들에게 보냈더니 반응이 좋았다고 한다. 앞으로 실력을 쌓아 그림과 캘리그래피를 담은 책을 출간해 보려고 한다.

　다양한 연령대의 사람들이 그림 화실이나 캘리그래피 교실에서 몰입하는 모습을 보면, 그 열정이 전염되어 내 삶에도 새로운 활력을 불어넣는다. 특히 70대 이상 어르신들이 젊은 사람들과 함께 집중하는 모습은 더욱 존경스럽다. 이곳을 찾는 사람들에게는 한 가지 공통점이 있다. 바로 얼굴에서 묻어나는 행복감이다. 좋아하는 취미에 몰두하고, 비슷한 관심사를 지닌 사람들과 따뜻하게 교감할 때 느끼는 즐거움이 아닐까. 100세 시대를 활기차게 살기 위해 취미는 더 이상 선택이 아닌 필수라고 생각한다. 취미는 단순한 여가 활동을 넘어, 삶을 더욱 풍요롭고 의미 있게 만들어준다. 나 역시 내 작품이 누군가에게 작은 행복이 되길 바라며, 앞으로도 즐거운 마음으로 작업을 이어가고 싶다.

6

복숭아나무 아래에서 신발 끈을 고쳐 매다

백오규

"내일 아침 6시에 출발합시다."

"예!"

손해평가사로서 일을 시작했다. 이른 아침 기상은 나에게 다가온 첫 도전
이다. 퇴직 후 늦게 일어나는 게 습관이 돼버린 내가 과연 이 약속을 지킬
수 있을지. '6시에 출발하려면 도대체 몇 시에 일어나야 하는 거야?' 선배 평
가사의 말에 자신 있게 대답은 했지만 돌아서는 표정에서는 불안감을 떨칠
수 없었다. 사람이 마음만 먹으면 어떤 일이든 할 수 있다는데, 이까짓 습관
하나 못 바꿀까. 굳게 마음을 다잡아본다.

퇴직을 앞둔 몇 년 전, 고등학교 동창 단체 채팅방에 누군가가 손해평가

사 자격증에 대한 정보를 올렸다. 농작물 손해평가를 하는 일인데, 틈틈이 여유롭게 일을 할 수 있고 연 수입이 3천만 원까지 이른다는 문구가 나를 사로잡았다. 무엇보다도 응시에 자격 제한이 없고, 필기시험만으로 취득 가능하다는 점이 부담 없이 다가왔다. 공기업에서 몇십 년을 근무한 내가, 리스크를 감수하며 창업을 하거나 한 번도 해보지 않은 새로운 도전을 하는 것은 체질에 맞지 않을 것 같았다. 그래도 농사일은 시골에서 접해본 경험이 있어 낯설지 않다. 나에게 딱 맞단 생각에 결정을 내리고 부랴부랴 준비를 시작했다.

손해평가사는 정부가 추진하는 정책보험인 농작물재해보험에서 다루는 농작물과 가축에 대한 손해평가를 수행하는 전문 인력 기술자격이다. 그 당시에는, 생긴 지 7년 정도밖에 되지 않은 신생 자격증이라 잘 알려지지 않은 제도였다. 어떤 보험이든 보험금을 지급하기 위해서는 손해 금액을 먼저 평가하는 절차가 필요하다. 자동차 보험에서 보험금 지급 절차를 생각해 보면 쉽게 알 수 있다. 마찬가지로 자연재해 등으로 농작물이나 가축에 피해가 생기면 보험금 지급 전에 그 피해 정도를 먼저 평가한다. 농작물 보험은 일반 손해보험에 비해 손해평가 방법이 다르고 객관적인 평가도 어렵다. 이러한 이유로 기존의 일반 손해보험 평가와는 별도로 전문 평가 자격증 제도가 도입된 것이다.

새롭게 시작한 공부는 순조롭게 진행되었고 1차 시험을 쳤다. 2차 시험까지 통과해야 결승점에 다다른다. 1차 합격자 발표를 기다리는 동안 2차 시험 준비를 시작했는데, 기간이 석 달 남짓, 자신이 있었다. 지인이 소개해 준 카페에 가입하여 강의도 듣고, 구매한 교재로 문제를 풀면서 공부했다. 그러나 너무 방심했던 탓일까, 1차는 무난히 통과했는데 2차에서 떨어지고 말았다. 곰곰이 분석해 보니 정보에 소홀했고 준비 기간이 너무 짧았던 것이 실패의 주된 원인이었다. 2차 시험을 위해 카페 가입을 문의했을 때 강사가 "이렇게 늦게?"라며 뜬금없다는 반응을 보였던 기억이 났다. 나중에 알게 된 사실인데, 2차 시험부터 먼저 준비해야 했고, 합격한 사람들의 대다수가 최소 1년은 공부했다는 이야기가 있었다. 원인을 알았는데 여기서 포기할 수는 없지. 마음을 다잡고 유명한 학원에 등록을 마쳤다. 온라인 수업이었다. 나 같은 사람들이 많은지 강의는 마치 내게 맞춤 교육을 하는 것처럼 느껴졌다. 유독 많은 암기 사항에는 나만의 노트 작성법으로 대응했다. 틈날 때마다 노트를 보는 방식으로 접촉 빈도를 높인 것이 암기 부담을 줄여주었는데, 그 방법은 매우 효과적이었다. 계산 문제에서는 실수를 줄이는 것이 관건이었기에 반복적인 문제 풀이에 집중했다. 특히, 실전에서의 시간 관리 능력을 기르기 위해 시간을 재며 문제 푸는 연습을 많이 했다. 더운 여름날의 열기 속에서도 꿋꿋이 준비한 끝에 마침내 2차까지 합격하고 자격증을 취득했다.

손해평가사 일은 개인 자격이 아니라 손해사정 법인이나 협회를 통해서 수행한다. 협회에 가입하고 현장 교육, 고객 만족 교육 등 필요한 교육을 마쳤다. 선배 평가사들의 조언에 따라 현장에서 필요한 도구와 준비물을 구비하고 출동할 날을 기다렸다. 6월 중순 마침내 기회가 왔다. 처음 맡은 일은 복숭아 착과수를 세는 것이었다. 보험 약관상 복숭아, 사과 등은 적과가 끝나면 나무에 달린 과실수, 즉 착과수를 먼저 세는 절차가 필요하다. 적과(摘果)란 상품성 좋은 과실을 위해 많이 달린 과실을 솎아내는 작업을 말한다. 2인 1조로 평가를 수행하는데, 선배 평가사가 사수를 맡고, 신입인 나는 당연히 부사수 역할이었다. 나이나 합격 기수가 아닌 현장경험이 사수와 부사수를 가르는 요소다.

농사일은 보통 이른 아침에 일을 시작한다. 해가 뜨면 더워지기 때문이다. 만반의 준비를 미리 해놓고, 평소보다 일찍 잠자리에 들었다. 긴장돼서인지 쉬 잠이 오지 않았다. 다행히 아침 5시 알람에 맞춰 일어나는 것은 문제가 없었고, 부지런 떨며 준비한 끝에 약속했던 6시에 출발할 수 있었다. 이른 아침 기상이라는 첫 번째 도전은 성공적으로 통과했다. 별것 아닌데도 대견하다는 생각이 들었다.

차를 몰아 현장에 도착하니 연세 지긋한 어르신이 친절히 우리를 맞아주었다. 주름 많은 선한 얼굴이었다. 복숭아 과수원에는 열매마다 노란색 봉지가 씌워져 있다. 멀리서 보면 마치 노란색 꽃이 주렁주렁 달린 모습이다.

선정된 표본주(標本株)에서 복숭아 개수를 세는데, 계수기 단추를 누르는 방식이다. 우거진 나뭇가지를 헤치고 고개를 들이밀어, 저 멀리 가지와 나뭇잎 사이로 보이는 노란 봉지를 향해 계수기를 누른다. 계수기가 딸깍, 딸깍 경쾌한 소리를 낸다. 그런데, 얼마 안 돼 헷갈리기 시작한다. 이 가지는 이미 센 것 같은데, 또 세는 건가? 저 가지는 셌나, 아닌가, 갑자기 온몸에 땀이 난다. 혼란의 쓰나미가 몰려오면서 정신이 아득해진다.

몇 번을 되풀이했는데도 여전히 작업은 제자리걸음을 벗어나지 못하고 있었다. 그러는 사이 인근에서 작업하던 사수가 다음 표본주로 이동하는 소리가 들렸다. 이대로는 안 되겠다 싶어 나무 밖으로 나왔다. 물 한 모금 마시고 호흡을 가다듬고 주위를 둘러봤다. 느슨해진 신발 끈이 눈에 들어왔다. 혹시 이것 때문인가, 느슨해진 신발 끈에 이 혼란의 원인을 돌리고 싶었다. 나뭇등걸에 기대앉아서 천천히 신발 끈을 고쳐 매며 생각했다. '손해평가사로서 첫 일인데, 이 정도 어려움에 굴복할 수는 없는 것 아닌가? 굳이 서두를 필요가 있을까? 앞으로 내가 할 일인데 즐기는 마음으로 받아들이자.'

마음이 차분히 가라앉았다. 심호흡을 크게 한 번 하고 모자를 고쳐 쓴 후 다시 계수를 시작했다. 결국 한 나무에서 여러 번의 시도로 계수를 마친 끝에 평균값을 택하는 선에서 나름 합리적인 결론을 내고 다음 나무로 이동했다. 어찌어찌 그 과수원 일을 마치고 이동하는 차 안에서 사수에게 슬쩍 물어보았다. 돌아오는 답은 "정확한 개수는 세기 힘들다. 그래서 정확한 숫자가 아닌 오차를 줄이는 데 집중한다."라는 것이었다. '아, 이런 거였구나.' 며칠간 작업이 반복되면서 일이 조금씩 익숙해졌다. 손해평가사로 첫 업무였던 복숭아 착과수 조사는 이렇게 시행착오를 거친 끝에 마무리할 수 있었다.

복숭아 조사가 끝나고 7월 초, 다음은 사과 착과수 조사였다. 새로 만난 사수는 최고 선임인 첫 기수이자 경험 많은 평가사였는데 좋은 지도를 받을 수 있었다. 특히, "손해평가사는 전문가다. 자부심을 가져야 한다. 차분하게 성심껏 임하는 게 가장 중요하다."라는 조언이 큰 도움이 됐다. 덕분에 별 어려움 없이 조사를 마칠 수 있었다. 이렇게 시작한 나의 손해평가사 일은 논밭 농사가 끝나면서 마무리되었다.

시골에서 자라 농사일을 해본 적은 있지만, 막상 닥친 손해평가사 현장 일은 훨씬 힘들었다. 한여름 땡볕과 더위, 불규칙한 끼니, 빡빡한 일정과 고단함 등. 그러나 나는 또 현장으로 달려갈 것이다. 나를 전문가로 인정해 주고, 필요로 하는 곳이 있고, 환영하는 사람이 있는 한, 이 기회는 온전히 내가 향유할 소중한 권리다.

처음 시작할 때 도전에 대한 망설임과 두려움은 이제 기대로 바뀌었다. 전체를 보는 시야도 생겼고 평가를 주도하는 사수 역할도 잘 할 수 있을 것 같다. 아침 일찍 일어나는 것은 문제도 아니다. 아니 애초에 문제가 아니었다. 괜한 핑계였을 뿐이었다. 한 해 동안 받았던 수입은 3천만 원에 턱없이 모자랐지만 그게 무슨 대수인가. 어려움에 놓인 농업인에게, 손해평가사로서 맨 먼저 달려가 도움의 손길을 줄 수 있어 보람까지 얻는다. 은퇴 후 시작한 손해평가사 일은 단순한 금전적 이익을 넘어 전문가라는 자부심과 깊은 성취감을 선사한다. 그뿐만 아니라, 곧 부사수를 맞이할 거라는 기대감에 설렘이 가득하고, 머리에는 행복회로가 빠르게 돌아간다.

7

나를 보는 눈이 달라졌다

안은희

"나에게도 나만의 삶의 목표가 있을까?"

올해로 직장 생활 36년 차를 맞이했다. 그동안 나 자신을 다그치며, 마치 숙제하듯 살아왔다. 워킹맘으로서 숨 가쁘게 달려온 나날들, 직장에서 인정받기 위해 치열하게 노력했던 시간이다. 늘 무언가에 쫓기듯 앞만 보고 달려온 세월 속에서, 나의 시간은 그렇게 흘러가고 있었다. 어느새 늦은 중년이다.

어느 날 문득 이런 생각이 들었다. '내가 정말로 이루고 싶은 삶의 목표는 뭘까?' 머릿속이 새하얘지면서 아무 생각도 나지 않았다. 그동안 나는 해야 할 일들에만 매달리며 살았지, 정작 나 자신을 위한 뚜렷한 목표 같은 건 없었다. 나를 설레게 하고 온 마음을 다해 몰두할 수 있는 목표, 행복을 위해 꾸준히 노력할 만한 진짜 목표 말이다. 지금껏 열심히 달려온 길이, 어쩌면 다른 사람들의 기준이나 기대에 맞춘 것이었는지도 모른다는 생각이 들었다. 퇴직 후에 직장 밖의 시간을 풍요롭게 만들어 줄 수 있는 일은 무엇일까? 깊이 고민해 보았다. 앞으로는 남들과 비교하거나 큰 성취를 이루는 데에만 집착하지 않고, 나를 채우며 살아가는 삶에 집중하고 싶다.

내가 좋아하는 것, 하고 싶은 일들, 그리고 기뻤던 순간들을 떠올리며 하나하나 적어 내려갔다.

그리고 마침내, 선명해졌다.

'나는 작가가 되고 싶다!'

책을 써보고 싶었다. 여기엔 두 가지 이유가 있다. 첫째는, 퇴직하기 전에 나의 직장 생활 경험과 생각을 후배들과 나누고 싶어서다. 역지사지의 관점에서 나의 직장 생활을 돌아보니, 내 경험이 후배들의 시행착오를 줄여주고 그들의 성장에 도움이 될 수 있겠다는 생각이 들었다. 둘째는, 일기를 쓰거나 책을 읽고 필사할 때 마음이 편안했다. 감정이나 생각이 정리되며 나 자신을 돌아보게 되었다. 또한 다른 사람의 입장이나 다양한 관점에서 고민해볼 기회도 생겼다. 이러한 경험을 바탕으로 다른 이들에게 공감과 위로가 될 수 있는 글을 쓰고 싶다는 마음이 생겼기 때문이다.

나의 글쓰기는 초등학교 때 일기 쓰기로 시작되었다. 나는 매일 작은 노트에 그날그날의 이야기를 적었다. 일기장 한 권을 다 채울 때마다, 노트 귀퉁이에 송곳으로 구멍을 내고 까만 노끈으로 한 권 한 권 이어 일기장을 묶어 나갔다. 마치 구슬을 꿰듯, 내 인생을 꿰듯. 아마 20원짜리 B5 크기의 노트였던 것으로 기억한다. 방학이 끝나고 개학 날 그렇게 줄줄이 꿴 두툼한 일기장을 학교에 제출하면 상을 타곤 했다. 나에게 그 상은 칭찬 이상의 의미였다. 그때부터였다. 일기를 쓰면 단순한 기록을 넘어, 나를 표현하는 즐거움과 글을 써가는 기쁨을 느낄 수 있다는 것을 알았다.

매주 화요일과 목요일 저녁 퇴근 후에 책 쓰기 온라인 강의를 듣는다. 글감 찾는 방법과 주제 잡는 방법, 템플릿 활용법 등에 대해 배우는 소중한 시간이다. 온라인에서 같은 관심사를 가진 작가들과 유익한 생활정보를 공유하고, 서로의 고민도 얘기하며 동기부여가 된다. 한 달에 한 번은 책을 출간한 저자 특강에도 참여한다. 다양한 직업과 다른 연령대의 작가들이 나와서 자신이 어려움을 극복한 이야기와 책 쓰기 노하우, 그리고 생활의 지혜 등을 풀어 놓는다. 직장 밖 새로운 분야의 사람들과 정기적인 만남은 퇴근 후 피곤을 잊게 하고, 오히려 가슴을 뛰게 한다. 늘 새로운 경험, 새로운 만남은 나를 움직이게 하는 원동력이 된다.

그동안 글쓰기는 생각지도 못하고 살았다. 바쁜 일상에서 글을 쓴다는 건 곧 나 자신에게 시간을 허락하는 일이었는데 말이다. 오랜 직장 생활 동안 내가 하고 싶은 일을 하며 살았다면 어땠을까 하는 아쉬움이 남는다. 성과를 내야 한다는 압박감에 잠 못 이루던 수많은 밤, 자신감이 떨어져 한없이 쪼그라들었던 순간들, 그리고 나의 부족함과 못난 모습들로 인해 괴로웠던 날들이 떠오른다. 나를 지탱해 줄 목표가 있었다면, 그 시간이 조금은 덜 아프고 흔들림 없이 지나가지 않았을까.

하고 싶은 일을 한다는 건, 단순히 즐거운 것 이상의 의미가 있다. 그것은 마치 내 삶의 방향을 알려주는 나침반과도 같다. 다시 내 마음을 설레게 하는 일을 찾았다는 사실에 가슴이 벅차오른다. 그건 마치 오래전에 잃어버린 퍼즐 조각을 다시 찾아서 제자리에 끼워 넣는 듯한 기분이다.

책 쓰기 강의 입문한 지 5개월 만에 전자책을 출간했다. 주제는 '중년'으로 정했다. 퇴직을 몇 년 앞둔 지금, 삶의 전환점이자 새로운 시작을 고민하는 시기인 만큼 내 생각을 깊이 들여다보고 싶었다. 그리고 내 또래의 많은 중년이 공감할 수 있을 거란 생각이 들었다. 짧은 글이지만 내 인생 첫 책, 『중년, 그렇게 신경 쓸 일인가?』가 예스24, 교보, 알라딘에 실리다니 꿈만 같았다. 예스24 주간 베스트 에세이 부문 3위까지 올랐다. 독자들이 읽고 정성스럽게 평을 써주었다. "같은 세대 이야기로 너무 공감이 갑니다. 글을 읽다 보니 우리의 이야기라 갑자기 울컥할 때도 있었고, 다 읽고 나니 힐링이 되고 용기를 얻었습니다. 담백한 글 감사합니다."라고 써준 진심 어린 독자평이 기억에 남는다. 독자들이 남겨준 한마디 한마디가 책을 쓰는 동안 찾아왔던 위장병과 두통을 눈 녹듯 사라지게 했다. 강력한 치유와 위로가 되었다. 가족과 친구들로부터도 많은 응원이 있었다. 가슴이 뜨거웠다. 무엇이든 할 수 있다는 강한 믿음이 생겼다.

책을 쓰고 나니, 나를 보는 눈이 달라졌다. 가족과 형제들은 '우리 엄마', '내 동생'이 이런 일을 해냈다며 자랑스러워했다. 친구들은 직장 생활하며 책을 썼다는 건 대단하다며 연락을 줬다. 하루는 내 블로그에 책 출간 소식을 올렸는데, 댓글 작성자 중에 낯익은 이름이 보였다. 오랫동안 연락이 없던 대학 동창이었다. 책은 이렇게 사람과 사람을 잇는 연결고리가 되어주기도 하니 신기했다. 작은 성공을 이뤄냄으로써 더 큰 동기부여를 받았고, 더 두꺼운 종이책도 쓸 수 있겠다는 자신감이 솟았다. 주변 사람들에게 건네는 말 한마디도 더 신경 쓴다. 또 책을 쓰며 다양한 관점으로 생각해 보고 뒤집어 보는 시도는 직장에서도 큰 힘이 된다.

내가 푹 빠져서 할 수 있는 목표가 생기니 하루하루를 더욱 의미 있게 보내려고 노력하게 된다. 목표를 향해 나아가는 과정에서 자연스럽게 동기부여 되고, 에너지를 얻어 일상에도 활력이 생긴다. 정성껏 살아가는 지금의 시간이 쌓여, 언젠가 인생 후반을 찬란하게 완성해 줄 화룡점정이 되리라 믿는다.

"나는 작가다!"

8

가슴 뛰는 삶을 살아라

유윤희

"윤희 씨, 나는 해외로 나가 일하고 싶어. 나가면 내 미래에 대한 답이 있을 거야."

당시 나는 결혼해 아이가 둘이었고, 이 말을 하는 동기는 미혼이었다. 가족들에게 결혼하란 잔소리를 듣는 친구였다. 동기는 결혼엔 관심 없고, 해외에 나가 근무하고 싶은 마음만 굴뚝 같았다. 나는 그 당시 읽고 감명받았던 책인 『가슴 두근거리는 삶을 살아라』를 읽어보라며 건넸다. 가슴이 뛰는 일을 하면 지치지 않고 계속할 수 있다. 성공할 확률이 높고, 성공하면 결국 경제적인 자유도 얻을 수 있다. 본인이 원하는 가슴 뛰는 일을 찾아보란 내용이었다.

책을 읽은 후, 감동한 친구는 회사에 사직서를 내고, 해외로 이직할 준비를 했다. 준비한 지 6개월 후 홍콩에 있는 기업으로 취직했다. 나중에 들으니 준비하는 도중 마음이 변하게 될까 봐 사표부터 냈다고 한다. 책으로 읽고 실행에 옮기는 친구를 보자 나도 더 분발해야겠다고 생각했다.

가슴 뛰는 삶을 살면 행복하고, 성공할 수 있다기에 매년 버킷리스트를 작성했다. 한 번 사는 삶인데, 할 수 없다고 지레 포기하지 않고 무리다 싶을 만큼 계획했다.

1. 세계 여행(모든 나라 다 가보기)
2. 최소한 책 한 권 쓰기
3. 악기 하나 연주하기
4. 실버사업 및 기부 등등

5개에서 7개 정도 버킷리스트는 여행, 연주, 책등 두루뭉술한 단어에서 시작했다. 해를 거듭하면서 1개국 여행, 아시아 여행, 소설 쓰기, 도서 매년 50권씩 읽기, 클라리넷 배우기, 기악팀 소속되기 등 조금씩 구체적인 항목들로 변경했다. 한 개씩 해내는 기쁨도 크다.

하나씩 실행하면서, 나의 개인적인 욕구를 더 알게 되었다. 경험을 다양하게 하고 싶다. 더 지식을 얻고 싶고, 사회활동을 통해 기여하고 싶다. 남의 본이 되는 준수한 삶을 살고 싶다. 다 이룰 것이라는 기대만으로도 가슴이 벅차다. 나의 가슴 뛰는 삶을 살아가기 위해서는 좀 더 인내하고 노력해야 한다.

진행하면서, 한 가지 문제가 있다. 경제적 자유를 얻어야 실현할 수 있다. 도서 구매, 학원등록, 여행경비, 기부 등 경제력이 뒷받침되어야 하는 일이 한두 개가 아니다. 노년에 직장을 퇴사하고, 돈이 준비되어 있지 않으면, 버킷리스트를 포기할 것 같았다. 그래서 경제 관련 공부도 시작했다. 성공자의 자기 계발서도 읽고, 관련 경제지를 구독하고, 유튜브도 참고한다. 또한 월 고정 수입 목표액을 설정하고, 맞춰서 사업을 계획했다. 현재는 고시원 한 곳에 사무실을 오픈했다. 사업체를 열기 위해, 관련 전문가들과 만나면서 많은 이야기를 듣고, 관련 시설을 직접 방문해 보기도 했다. 처음 하는 개인 사업이라 많은 시행착오를 겪었지만, 현재는 잘 운영되고 있다.

가장 중요하게 생각하는 부분은 책을 읽고 적용할 데를 찾는 것이다. 지금 근무하는 회사에서는 팀장이다. IT 부서여서 프로그램 코딩에 집중하느라 일에만 치중하는 직원들이 많다. 분위기를 바꾸고자 회사에서 팀 활성화 프로젝트를 추진했다, 나는 우리 팀원들에게 연간 과제로 '책 읽기'를 추천했다.

"우리 팀은 올해 독서 프로젝트를 합시다. 개인이 취향껏 한 권을 제출하시고, 매월 초 다른 사람과 돌려가며 책을 읽는 겁니다. 그러면, 다른 팀원의 관심사도 이해하고, 모르는 분야를 알아가는 데도 도움이 될 겁니다. 김 차장님, 돈 많이 벌고 싶다고 했죠? 투자의 귀재 워런 버핏이 조언했어요. 하루에 500페이지씩 책을 읽으면 부자가 된다고. 경제서를 골라서 읽어보세요."

근래에 대한민국 성인의 평균 독서량이 일 년에 한두 권이라는 기사를 봤다. 코로나 이후 유튜브 등 동영상이 활성화되면서 독서량은 더 적어진 듯하다. 직원들은 처음엔 뜻밖의 프로젝트에 당황했으나, 기꺼이 동참해 주었다. 책을 준비하고, 매달 추첨 순으로 책을 골라 읽었다. 물론 책이 본인 취향과 맞지 않는 경우, 읽지 않고 한 달을 보내기도 했다. 최 차장이 차 마실 때 말했다.

"올해 제가 5년 정도에 걸쳐 읽을 책을 다 읽었습니다. 집에서 책을 읽고 있으니, 쌍둥이 딸들이 저를 쳐다보네요. 멋져 보이고 싶어서, 아이들 볼 때 일부러 책을 봅니다."

과연 직원들이 책을 읽을까? 의구심이 드는 프로그램이었지만, 좋았다고 말하는 직원이 많았다.

금융 회사라 프로모션 상품에 가입하라는 회사의 요청이 종종 있다. 몇 년 전, 펀드 가입을 위해 영업점을 방문했다. 해외펀드가 수익률이 높을 때라 국내 상품보다는 해외 상품 가입을 추천했다. 어느 나라를 선호하는지 물었으나 관심이 많지 않아 뭘 선택해야 할지 몰랐다. 직원은 중국, 인도 등의 국가를 선택하면 수익이 높을 것이라고 추천했다.

하지만, 그 당시 신문에는 곧 있을 미국 대선 기사가 많았다. 후보 중 도널드 트럼프가 대통령이 될 확률이 높다고 했다. 유명한 부동산 회사 CEO인 트럼프는 방송에 많이 나왔었다. '어프렌티스'라는 사업 파트너를 뽑는 리얼리티 TV 프로그램의 심사자였다. 그는 매우 실용주의적인 사고를 하고, 냉정한 사람이다. 이런 배경지식을 기반으로 하여, 미국의 주식과 채권을 다루는 상품을 선택했다. 트럼프가 대통령이 된다면, 미국 중심의 보호무역을 펼칠 것이라고 예상했기 때문이다. 펀드는 아직 유지하고 있다. 저축액이 크지 않지만, 최근 문자로 받은 수익률은 136%이다. 경제지나 책을 읽어서 얻게 된 수익이라고 생각한다.

워킹맘으로 살면서, 육아와 가사 등 신경 쓰며 챙길 게 많다. 주변뿐 아니라 나의 행복과 성공을 위해 노력해야만 가정과 직장도 완성된다. 2025년, 올해도 나는 버킷리스트를 준비했다. 매년 버킷리스트의 내용을 추가하고, 달성한 것은 지워가며 진행해 나간다.

인도의 유명한 정신 지도자인 라즈니쉬는 "사람이 자신이 하는 일에 열중할 때 행복은 자연히 따라온다. 무슨 일이든 지금 하는 일에 몰두하라.”고 말했다. 중요하고 하찮음의 경중도 따지지 말고 몰두해 보라는 의미이다. 아직도 하고 싶은 일이 많다. 나의 버킷리스트를 통해, 가슴 뛰는 삶을 살기 위해 계속 달린다. 글을 쓰고 있는 내 모습이 부족할 수도 있지만, 올해도 ‘책 쓰기’ 한 가지를 완성하려고 한다. 두근두근 가슴 뛰는 삶을 살고 있다. 무엇을 더 이루었을지, 10년 후 나의 삶이 더 기대된다.

9

내가 먼저 손 내밀어야 한다

이경숙

100세 시대, 노년기는 네 가지 괴로움을 겪는 시기라고 한다. 가난, 질병, 고독, 무위가 그것이다. 무위란 아무 할 일이 없는 것을 말한다. 할 일이 없는 노년은 생각할수록 답답하다. 무위로 인한 고통을 겪고 싶지 않다. 미리 준비한다면 막을 수 있을 터다.

"4주 만에 종이책 완성!

챗봇으로 인생 2막을 열고 싶다면!

퇴사 없는 부의 파이프라인 만들기!

AI와 함께 동화 작가로 데뷔해 보세요!

…"

내용도 다양하게 오픈채팅 방에 매일 올라오는 홍보 문구다. 아무리 적은 날도 100여 건은 된다. 이런 문구 중 글쓰기 책 쓰기와 관련한 글을 가리는 일이 내가 하는 일이기도 하다. 내가 운영하는 오픈채팅 방 중 하나는 마치 경쟁이나 하듯 이런 문구로 서로를 드러낸다. 눈길을 잡으려고 넣은 이모티콘도 화려하다. 400명이 넘는 회원들이 홍보 시간만 기다렸다는 듯 오전 아홉 시만 되면 확성기를 들고 머리를 들이민다. 심지어는 홍보 시간이 끝나도 흔적을 남긴다. 정해진 규칙을 어기는 사람도 여럿 있다. 그런 사람들에게 가끔은 경고성 글을 남기기도 한다. 그래도 아랑곳하지 않는다. 알고도 모르는 척하는 사람도 있고 그냥 던져두고 다시 열어보질 않아서 자기에게 하는 말인지조차 모르는 사람도 있다.

　나 하고 싶은 대로 나만 생각하며 사는 사람이 많아진 세상이다. AI와 디지털 기기 속에서 얼굴이 보이지 않는다고 다른 사람의 불편쯤은 고려하지 않는다. 톡 방 맨 위를 힐끗 보기만 해도 홍보 시간이며 가능하지 않은 내용이 뭔지 3초 이내에 알 수 있으련만 그 시간조차 할애하기 싫어한다.

　그런 사람들의 마음을 이해하기도 한다. 나도 그런 적이 있었으니까. 홍보 마감 시간 임박하니 마음이 급했다. 또 읽어 보았는데도 규칙이 명확히 눈에 들어오지 않았다. 내가 알리고 싶은 홍보 글을 남겼다가 퇴장당했다.

　이런 때일수록 따뜻한 마음이 그립다. 남을 배려하고 도우려는 마음으로 세상을 보는 사람이 많았으면 한다. 작가도 그런 사람 중 하나다. 자기 경험을 글로 써서 누군가에게 도움을 줄 수 있으니까. 챗GPT가 알려준 글을 자기 글이라며 세상에 내놓는 사람이 아닌, 온기를 나눠 줄 수 있는 사람. 누구라도 작가가 되면 디지털 뒤에서 웅크리고 있는 상처받은 마음을 다독여 주는 손길이 될 수 있다.

어쩌다가 작가가 되었다. 내게 내밀어 준 손을 얼떨결에 잡았기에 가능했다. 글 쓰는 방법도 제대로 알지 못하면서 내 안의 작은 불씨를 나눠 줬을 뿐인데 그걸 고마워하는 사람도 많았다. 도울 수 있어 뿌듯했다. 이제, 다른 사람에게 온기를 나눠 주자고 말하는 사람이 되었다. 글 쓰는 방법을 가르쳐 주면서 함께하자고 권하는, 글쓰기 코치가 되었다.

매주 글쓰기 강의를 한다. 글 쓰는 방법뿐만 아니라 목차 짜는 방법도 나누며 예비 작가의 목차 고민을 함께하기도 한다. 스토리텔링이나 서평 작성하는 방법, 독서법, 요약법 등도 나눈다. 또한 작가로서 멘탈 관리하는 방법도 알려준다. 누군가 던진 작은 돌멩이가 어느 때는 작가에게 바윗덩이가 되어 떨어지기도 하기에. 주로 내가 겪었고 다른 작가들도 겪은 이야기를 해준다. 날이 갈수록 단단해지며 자기 경험을 나눠 다른 사람을 도우려는 예비 작가들을 보면 흐뭇해진다.

한 꼭지 글은 A4 용지로 1.5매라고 수업 시간에 말했다. 그보다 짧게 쓰면 안 되냐고, 긴 글은 읽기에도 그렇고 쓰기도 힘들다고 말했던 수강생이 있다. 수업을 듣기 시작해 서너 달 넘게 자주 말했다. 우리는 초보 작가여서 정해진 규칙을 따라야 한다는 말밖에 다른 말을 해줄 수 없었다. 그러다가 스스로 책의 목차를 짜고 책을 쓰기 시작했다. 집필 초기에도 몇 번 그런 얘기를 했다. 어느 날부터인가 그 말을 하지 않았다. 궁금해서 물어보았다. 지금은 1.5매 쓰기가 어떠냐고. 스스로 써보니 분량 채우기가 생각만큼 어렵지 않더라고 말했다. 글 구성 방법이나 템플릿을 활용하니 할 수 있더라고 답했다. 글을 못 써서 힘들어했던 경험이 있기에 길게 써야 하는 고충을, 예비 작가들의 힘든 마음을 누구보다 잘 안다. 응원해 주고 용기를 북돋아 주려 힘쓴다. 어느 순간 달라지는 수강생들을 보면 글 동지가 하나 더 생겼다는 마음에 힘이 난다. 코로나 이후 활성화된 온라인 덕분에 이 모든 일이 대면하지 않아도 가능하다.

육십 대가 되면 태극권 강사가 되어 전국에 있는 사람들에게 태극권을 알려주고 싶다고 말한 적이 있다. 학원 안에서 학생들 만나며 세상과 단절된 듯하다고 느낄 때였다. 누군가를 가르칠 실력을 쌓으려면 배우며 스스로 닦는 시간이 필요하다. 분초 단위로 학생들과 씨름하면서 지내다 보니 수련할 시간을 갖지 못했다. 한 번 놓아버린 끈은 다시 잡기 쉽지 않았다. 혼자 연습이야 할 수 있지만 계속 배우지 않으니 좀처럼 실력이 늘지 않았다.

글을 쓰고 글쓰기 코칭을 하면서 몸이 붇기 시작했다. 거울을 보면 이전의 내 모습이 보이지 않았다. 더 이상 모른 척했다가는 50대에 꾸었던 꿈이

달아날 거 같았다. 태극권 수업에 참관하러 오라던 천 선생님 말씀에 고향 찾아가듯 갔다. 15년쯤 전부터 함께 수련했던 나를 보더니 천 선생님이 바로 말했다. 빨리, 태극권 같이 하자고.

매주 수, 금 두 시간씩 수련한다. 수련만큼 좋은 게 또 있다. 수련 중간 쉬는 시간에 나누는 얘기. 옆 선생님들과 나누는 대화는 녹록지 않은 수련의 어려움을 녹여주는 데 제격이다. 오늘은 머리 스타일이 달라 보인다, 지난 시간에 왜 안 왔냐는 등 사소한 이야기부터 태극권 순서가 왜 외워지지 않는지 모르겠다, 배운지 몇 년이 지났는데도 제대로 안 되는 동작이 있다는 등 자못 심각한 얘기도 나눈다. 태극권 수업이 끝나면 같이 수련한 선생님들 몇몇과 점심 겸 저녁 식사를 한다. 음식 맛도 좋지만, 함께 수련한 후에 느끼는 동지애가 더욱 좋다. 수련 끝나고 집으로 돌아오는 발걸음은 마치 젊은이들이 거리에서 춤을 추듯 걸을 때와 비슷하다. 어깨도 가볍고 발도 가벼우니까. 온라인에서 느끼는 것과는 다른 즐거움이다.

온라인으로 소통하며 예비 작가들과 함께하는 즐거움도 오프라인으로 같이 수련하며 나누는 기쁨도 두루 누린다. 온라인으로 만나다 갑갑하면 오프라인에서 모이기도 한다. 온라인으로만 보다가 실제로 만나면 스크린으로만 볼 수 있는 유명인을 보는 듯하다.

지금 즐기는 생활은 저절로 생긴 게 아니다. 누군가 내게 손을 내밀며 권했기에 가능했다. 그런 분들이 없었다면 앞으로 맞이할 3, 40년을 어떻게 보낼 수 있을까 싶다. 온·오프라인으로 진행하는 독서 모임도, 매주 네댓 번 오전에 배우는 디지털 수업도 나를 이끌어준 손이 있었다. 이제, 내가 그 손이 되어줘야 한다. 제2의 인생을 준비하는 후배들에게 먼저 손 내밀어야 한다. 온라인이든 오프라인에서든 같이 가자고. '함께'의 힘은 '혼자'보다 강함을 알기에.

그냥 덤벼보는 거다

이성애

"음식을 하려면 어떤 사람은 재료를 정할 것이고, 어떤 사람은 조리법을 확인할 것이고, 또 어떤 사람은 먹고 싶은 메뉴를 정할 것이다."

독서 모임 방에 파워포인트 강사가 초대되었다. 첫 대면부터 가수 싸이 노래에 맞춰 멜빵 바지춤을 추며 나타났다. 익살스러운 표정에 정신이 팔려 집중하게 만드는 유쾌한 강사였다. 강사는 인사법도 특이했다. 강의를 잘 하는 명강사들은 본론으로 먼저 들어가고, 은근슬쩍 전에 반응이 좋았던 자신의 강의를 통해 자기를 어필한다고 했다. 강사라면 자기소개도 특색 있게 하라는 얘기였다. 한 시간 동안 파워포인트 작성법 강의를 들었다.

강의 내용을 복습 차원에서 다시 정리해 본다. 음식을 만드는 데는 사람

252

마다 자기 나름의 방식이 있듯이 각자 개성에 맞게 요리하면 된다고 했다. 파워포인트 작성할 때도 요리하듯이 순서에 얽매이지 말란다. 보통 강사들은 지나치게 디자인에 집중을 많이 한다고 했다. 너무 잘하려고 애쓰다 보면 지쳐서 포기하게 된다는 얘기다. 파워포인트가 주인공이 아니고 발표하는 내가 주인공이라는 걸 잊지 말아야 한다고 했다. 나는 파워포인트를 꼭 배워야 했다. 폰트 선택하는 방법, 무료 이미지 가져오기 등을 꼼꼼히 메모하면서 들었다. 강의 내용은 대체로 이해가 되었다. 메모해 놓았으니 보고 따라 하면 될 터다.

강의가 끝나자 배운 거를 잊지 않으려고 바로 컴퓨터를 열었다. 컴퓨터 화면이 뜨지만 어디서 어떻게 해야 파워포인트가 열리는지 몰랐다. 바탕화면에 당연히 깔린 줄 알았는데 보이지 않았다. 급한 김에 검색했더니 파워포인트 관련된 사이트가 나왔다. 그중에 무료 설치라는 곳에 들어갔다. 그런데 도대체 뭘 어떻게 하라는 건지 알 수가 없었다. 이곳저곳 클릭해 봤지만, 영어로 나와 더 헷갈리기만 했다. 밤늦은 시간이라 누구에게 물어볼 수도 없었다. 날이 새기 바쁘게 독서 모임 멘토에게 어제 배운 걸 알려달라고 했다. 멘토는 내 수준에 맞게 자세하게 알려주었지만, 이해하기 어려웠다. 파워포인트를 작성하려면 먼저 컴퓨터 키보드의 기능에 익숙해야 했다. 나는 프린트 스크린 버튼이 어디에 붙어 있는지, 알트키가 뭐 할 때 쓰는지 알지 못했다. 파워포인트가 문제가 아니라 키보드 단축키 익히는 게 우선이었다.

코로나로 인해 대면 강의가 줄었다. 하고 싶었던 일도 하고 그동안에 미루어 두었던 일도 하게 되니 좋았다. 그렇게 한 달 정도 지나간 것 같다. 나는 현실에 만족할 줄 모르는 사람인지, 조금 쉬고 나니 다람쥐 쳇바퀴 도는 생활이 지겨워졌다. 이대로 흘려보내는 시간이 아까웠다.

책을 읽었다. 몇 장 넘기지 않아 졸음이 쏟아졌다. 책만 펼치면 해야 할 일과 잊고 있었던 일까지 어른거렸다. 혼자 읽으면 조용해서 잘 읽힐 줄 알았는데 생각보다 쉽지 않았다. 마침, 온라인 독서 모임을 알게 되었다. 이 모임은 책만 읽는 줄 알았는데, 책도 읽고 자기 계발도 했다. 여러 지역 사람이 모였고 외국에 사는 사람도 있었다. 책 한 권을 2주 동안 읽는 과정이고 하루에 읽을 양을 정해 주었다. 그날 책에서 본 것, 깨달은 점, 생활에 적용할 것, 즉, '본, 깨, 적'을 기록해야 한다고 했다. 책을 다 읽은 후에는 돌아가며 발표도 해야 한단다. 책 읽으려고 왔는데, 기록도 해야 하고 발표까지 해야 한다니 여간 부담스러운 게 아니었다. 발표할 때는 파워포인트로 해야 한다는데 나는 한 번도 작성해 본 적이 없었다. 어떻게 만드는지도 모르는데 내 차례가 왔다. 겁도 나거니와 남들이 다 한다는 파워포인트를 나만 못하는 게 창피했다. 이 자리를 피하려고 결석도 해보고 핑계도 대봤다.

며칠이 지났다. 독서 멘토는 파워포인트 배울 수 있는 강좌를 소개해 주었다. 6주 과정이란다. 6주 동안 배우면 독서 모임 발표 자료 만들 정도는 할 수 있다고 했다. 파워포인트를 배울 수 있다는 말에 반가워서 등록했다.

매주 금요일 저녁 9시부터 1시간 30분 동안 하는 온라인 수업이었다. 배우는 사람들은 대부분이 강사였다. 그 강의는 파워포인트를 이용하여 강사들의 강의 스킬을 높이는 내용이었다. 파워포인트만 배우려고 간 나는 당황스러웠다. 이 와중에 실습까지 한다고 했다. 기초가 없는 난 몰라도 너무 모르니 할 수 있는 게 없었다. 화면만 멀뚱멀뚱 쳐다보다 나가지도 못하고 강의는 끝이 났다.

강사가 수업이 끝난 후 전화를 걸어 왔다. 오늘 수업은 어려운 내용이었고, 지난번 강의에 이어지는 중급 강의란다. 기초과정 녹화본을 보내줄 테니 천천히 따라 해보고 안 되는 게 있으면 언제든지 전화하란다. 기초과정은 할 만했고 헷갈리는 부분에서는 반복해서 듣고 또 들으며 따라 해보았다. 어렵고 이해가 안 되면 강사에게 전화해서 일대일 상담을 받았다.

컴맹이라고 신세 한탄만 하던 내가 파워포인트를 해낼 수 있었다. 지금은 디지털 문명 시대라고 한다. 이 시대는 디지털 기계를 사용할 줄 알아야 강사로 살아남는다. 머리는 지끈거렸지만, 포기하지 않았다. 결국 해냈다. 생전 못할 것 같던 파워포인트를 배운 나다. 이번에는 싱크와이즈에 도전한다. 손주하고 독서 모임을 하려면 싱크와이즈는 기본으로 다룰 줄 알아야 한다. 배우지 않는 사람은 늙은 사람이라고 생각한다. 늘 새로운 것들이 쏟아져 나온다. 배워야만 젊은이들과 소통할 수 있다. 새로운 걸 알아야만 즐길 수 있다. 나는 늘 배우는 젊은이다. 그냥 덤벼보는 거다.

| 권경애 |

삶은 누군가의 평가를 위한 것이 아니라, 온전히 나답게 경험하고 누릴 수 있는 여정이다. 지금, 이 순간을 살며 당신만의 길을 걸어가길 바란다. 비교가 아닌 신뢰로, 타인의 눈이 아닌 나의 마음으로, 그리고, 그 여정 속에서 자신을 가장 소중히 여긴다면, 당신의 여정은 충분하다.

| 권미숙 |

일흔을 눈앞에 두고 있다. 어느 책에서인가 '일흔'을 소리 나는 대로 읽으면 '이른'이라고 했다. 나도 현역으로 일하면서 '이른' 결심을 한 작가로서 그 꿈을 펼쳐 나아가는 중이다. 꽃 진 자리도 아름답다. 내년에 필 꽃을 기대하며 오늘이 선물임을 감사하며 살아간다.

| 김성숙 |

"지피지기 백전백승" 손자병법에 나오는 구절로 철저한 준비와 이해를 바탕으로 상대와 싸울 때 이긴다. 나조차 나의 강점과 약점을 모르고 살아왔다. 나를 이해하니 상대방이 보이기 시작했다.

| 김주하 |

50대는 새로운 시작의 기회다. 나이 듦을 자연스럽게 받아들이며, 나이 때문에 주저하지 않기를 바란다. 나만의 시간을 활용해 내가 바라는 인생을 걸어갈 뿐이다. 글쓰기는 더 나은 내가 되는 과정이며, 내 인생은 그 이전과 이후로 완전히 달라질 것이다.

| 박찬홍 |

100세 시대에 활기찬 인생을 위해 취미는 더 이상 선택이 아닌 필수라고 생각한다. 취미는 단순한 여가 활동을 넘어, 삶을 더욱 풍요롭고 의미 있게 만들어준다.

| 백오규 |

은퇴 후 시작한 손해평가사 일. 흘린 땀방울 속에서 전문가로서 자부심과 성취감이 피어난다. 앞으로 펼쳐질 나날을 떠올리며 설레는 미래를 향해 나아간다.

| 안은희 |

하루하루를 정성껏 살아가는 지금의 시간이, 언젠가 인생 후반을 찬란하게 완성해줄 화룡점정이 되리라 믿는다. 나만의 목표를 향해 나아가는 과정에서 우리는 더 단단해지고, 마침내 가장 빛나는 순간을 맞이할 수 있다.

| 유윤희 |

자신이 하는 일에 열중할 때 행복하다고 많은 명언이 말한다. 내 가슴을 뛰게 하는 일을 찾고, 즐겨보자. 나를 열중하게 할 수 있는 가슴 뛰는 삶을 살자.

| 이경숙 |

이제, 내가 그 손이 되어줘야 한다. 제2의 인생을 준비하는 후배들에게 먼저 손 내밀어야 한다. 온라인이든 오프라인에서든 같이 가자고. '함께'의 힘은 '혼자'보다 강함을 알기에.

| 이성애 |

배우지 않는 사람은 늙은 사람이라고 생각한다. 늘 새로운 것들이 쏟아져 나온다. 배워야만 젊은이들과 소통할 수 있다. 나는 늘 배우는 젊은이다. 새로운 걸 알아야만 즐길 수 있다. 그냥 덤벼보는 거다.

마치는 글

권경애

"몰랐어요. 난 내가 벌레라는 것을 그래도 괜찮아, 난 눈부시니까." 어느 노래 가사입니다. 빛나는 별인 줄 알았는데 벌레라는 것을 알았답니다. 어땠을까요? 세상에 나가면 무엇이든 할 수 있는 일이 있을 줄 알았습니다. 하지만 20년 주부 생활 끝에 만난 세상속의 나는 초라함을 받아들일 수밖에 없었습니다. 하지만 언젠가는 나만의 빛을 낼 수 있다는 것을 글을 쓰면서 알 수 있었습니다. 청소년들에게 존재만으로 빛을 낼 수 있다는 것을 알려주는 진로 코치, 글 쓰는 사람으로 오늘에 감사하며 살아갑니다.

권미숙

별 인생 꿈꾸다 별별 고난 겪었습니다. 삶은 내 뜻대로 살아지는 게 아니라는 걸 깨닫기까지 참 많은 시간이 흘렀습니다. 어느 날 "상처 입은 조개가 진주를 품는다."라는 멋진 한 문장이 저를 찾아왔습니다. 노년기로 접어든 지금 인생의 쓰고 단 맛을 고루 겪은 것들을 글로 풀어쓰니 진주가 되었습니다. 마침내 부끄러운 상처도 나누어주니 별처럼 빛난 별난 인생이 되었습니다. 노후 준비로 평생 현역으로 일하며 틈틈이 글 쓰는 작가로 진주를 만들어가고 있습니다.

김성숙

어디서부터 무엇을 써야 하는지, 막상 글을 쓰려니 막막했습니다. 많은 고민 끝에 '살아온 나의 얘기'로 시작해서 '살아가야 할 나의 삶'으로 마무리했습니다. 글의 주제는 온전히 '나'였습니다. 글쓰기를 통해 나의 얘기가 세상 밖에 나오니 여러 감정이 느껴지고, 인생 정리가 되었습니다. 생각 정리가 잘되어 앞으로도 글쓰기를 계속해야겠습니다. 마치면서 나 자신에게 응원의 말과 따스한 위로를 건네려고 합니다.

김주하

처음으로 공저를 집필하게 되었습니다. 돌고 돌아 결국 글쓰기를 통해 방황을 멈추고, 나를 만나게 되었습니다. 진정한 나 자신을 찾는 여정을 글쓰기로 풀어가고자 합니다. 앞으로 나를 어떻게 성장시킬지, 다양한 시도를 통해 내가 원하는 길을 찾아갈 것입니다. 그 모든 일은 우연이 아닌, 내 선택의 결과였습니다. 이번 공저를 마무리하며 복잡했던 마음을 글로 적고 나니, 새로운 빛이 반짝 아른거렸습니다. 내 최고의 순간은 아직 오지 않았습니다.

박찬홍

글쓰기를 통해 지나온 삶을 돌아보고 정리하며, 새로운 시작을 그려볼 수 있었습니다. 그 과정에서 지금의 나를 있게 한 모든 것에 감사하고, 더욱 깊이 사랑하는 마음을 갖게 되었습니다. 공저 모임을 통해 개인의 인생이 한 권의 책이 될 수 있고, 그것이 다른 사람에게 큰 교훈과 울림이 된다는 것을 깨달았습니다. 책을 완성하는 것보다 한 페이지씩 인생을 채워가는 과정이 더 값진 시간이었으며, 이 글이 같은 길을 걷는 분들에게 작은 희망과 위로가 되길 바랍니다.

백오규

한 알의 씨앗이 거대한 숲을 이루듯, 글을 쓴다는 것은 메시지를 전하고 공감을 얻는 것에서 출발하지만, 결국 더 큰 가치를 만들어가는 과정입니다. 어느 순간부터 내 안에 풀어내고 싶은 무언가가 깊숙이 자리하고 있음을 깨달았습니다. 처음에는 작은 한 줄에서 시작되더라도, 그것이 점점 자라나고, 급기야 세상과 소통하는 나만의 작은 우주를 만들 수 있다는 생각이 듭니다. 그래서일까요? 낯설기는 하지만 그 첫걸음이 결코 가볍게 느껴지지 않습니다.

안은희

매일 바쁘다는 말을 입에 달고, 숙제하듯 살아왔습니다. 그렇게 36년이 흘렀습니다. 이제 조직의 이름표를 내려놓고, 개인으로서 나만의 브랜드를 만들어가며 멋진 인생을 계획하고 있습니다. 은퇴 없는 삶, 작가로서 좋은 책을 쓰며 타인에게 긍정의 에너지를 전하는 것이 제 꿈입니다. 이 글을 읽는 여러분도 자신이 꿈꾸는 미래를 향해 힘차게 도전하고, 그 꿈을 이루기를 온 마음을 다해 응원합니다. 이 책에는 여러 작가의 소중한 삶의 지혜가 담겨 있습니다. 부디 이 책이 여러분께 작은 울림이 되고, 앞으로 나아가는 데 도움이 되길 바랍니다.

"악마는 디테일에 있다(The devil is in the detail)."라는 서양의 속담이 있습니다. 모든 일이 이뤄지는 건 예상했던 것보다 더 많은 시간과 노력을 쏟아부어야 한다는 의미죠. 버킷리스트를 완성해 보고자 멋모르고 시작한 글쓰기는 저에게 상상 이상의 노력을 요구했습니다. 자신이 드러나야 하는 글쓰기 과정은 부끄럽고 어색했습니다. 하지만, 지금은 나를 찾아가는 시간을 보낸 기억이, 기쁘고 감사합니다.

어느 때 행복한가요? 저는 제가 가진 걸 나눌 때 행복합니다. 제가 알고 있는 걸 학생들에게 가르쳐줄 때 기분 좋았습니다. 은퇴 후, 글로써 누군가에게 제 경험을 보여줄 때 보람도 느낍니다. 그 경험이 누군가에게 닿으면 비타민이 될 수 있다는 걸 알기 때문입니다. 저의 힘든 경험은 어려운 이에게 따뜻한 손길이 되고, 저의 기쁜 일은 다른 이에게 밝은 햇살이 되기도 할 테니까요. 저처럼 내가 겪은 일을 다른 이와 나누며 은퇴 후의 삶을 즐기고 싶은 분은 글을 써보세요. 더 넓은 세상을 만날 수 있습니다.

맏며느리로서 50년 넘게 한 가정을 경영하며 크고 작은 지혜를 터득해 왔습니다. 조경회사를 운영하며 자연과 조화를 이루는 공간을 만들어 사람들에게 휴식을 주고 있어요. 타악기를 활용한 치매 예방 노래 강사로 활동하며 건강과 행복을 전하고도 있고요. 손주들과 책을 읽으며 독서를 통한 성장을 돕는 삶도 살고 있습니다. 나이는 숫자일 뿐, 도전과 배움은 끝이 없습니다. 인생 후반전 저는 오늘도 세상을 향해 한 걸음 더 나아갑니다.